COLLECTION FOLIO

Pierre Michon

Les deux Beune

Gallimard

La première partie de ce roman a paru
sous le titre *La Grande Beune*, en 1996.

Pierre Michon est né en 1945, dans la Creuse. Son premier texte paraît lorsqu'il a trente-neuf ans, après quelques années consacrées aux études littéraires et au théâtre. Il est l'auteur de nombreux livres parus principalement aux Éditions Gallimard et aux Éditions Verdier, dont *Vies minuscules*, *Rimbaud le fils* et *Les Onze*. Le prix Franz Kafka et le prix de la BnF lui ont été décernés pour l'ensemble de son œuvre.

La terre dormait nue et tourmentée comme une mère dont la couverture aurait glissé.

ANDREÏ PLATONOV

PREMIÈRE PARTIE

La Grande Beune

1

Entre Les Martres et Saint-Amand-le-Petit, il y a le bourg de Castelnau, sur la Grande Beune. C'est à Castelnau que je fus nommé, en 1961 : les diables sont nommés aussi je suppose, dans les Cercles du bas ; et de galipette en galipette ils progressent vers le trou de l'entonnoir comme nous glissons vers la retraite. Je n'étais pas encore tombé tout à fait, c'était mon premier poste, j'avais vingt ans. Il n'y a pas de gare à Castelnau ; c'est perdu ; des autobus partis le matin de Brive ou de Périgueux vous y larguent fort tard, en bout de tournée. J'y arrivai la nuit, passablement ahuri, au milieu d'un galop de pluies de septembre cabrées contre les phares, dans le battement de grands essuie-glaces ; je ne vis rien du village, la pluie était noire. Je pris pension *Chez Hélène* qui est l'unique hôtel, sur la lèvre de la falaise en bas de quoi coule la Beune, la grande ; je ne vis pas davantage la Beune ce soir-là, mais par la fenêtre de ma chambre me penchant sur du noir plus opaque je devinai derrière l'auberge un trou. On descendait par trois marches à la salle commune ; elle était enduite de ce badigeon sang-de-bœuf qu'on appelait naguère *rouge antique ;* ça sentait le salpêtre ; quelques buveurs assis parlaient haut entre des silences, de coups de fusil et de pêche à la ligne ; ils bougeaient dans un peu de lumière qui leur faisait des ombres sur les murs ; vous leviez les yeux et au-dessus du comptoir un renard empaillé vous contemplait, sa tête aiguë violemment tournée vers vous mais son corps comme courant le long du mur, fuyant. La nuit, l'œil de la bête, les murs rouges, le parler rude de ces gens, leurs propos archaïques, tout me transporta dans un passé indéfini qui ne me donna pas de plaisir, mais un vague effroi qui s'ajoutait à celui de devoir bientôt affronter des élèves : ce passé me parut mon avenir, ces pêcheurs louches des passeurs qui m'embarquaient sur le méchant rafiot de la vie adulte et qui au milieu de l'eau allaient me détrousser et me jeter par le fond, ricanant dans le noir, dans leur barbe sans âge et leur mauvais patois ; puis accroupis au bord de l'eau sans un mot ils écaillaient de grands poissons. Les eaux confuses de septembre frappaient aux carreaux. Hélène était vieille et massive comme la sibylle de Cumes, comme elle réfléchie, et de même attifée de belles guenilles, coiffée d'un fichu roulé ; son gros bras à la manche relevée essuyait la table devant moi ; ces gestes humbles rayonnaient d'orgueil, d'une joie silencieuse : je me demandai quelle aventure l'avait mise à la tête de cette taverne rouge sur quoi régnait au-dessus d'elle un renard. Je lui demandai à dîner ; elle s'excusa modestement de ses fourneaux éteints, de son grand âge, et me servit à profusion de ces choses froides qui dans les récits tiennent au corps de pèlerins et de gens d'armes, avant que dans leur corps ne passe le fil d'une épée, à la traverse d'un gué tout noir et plein de lames. Du vin là-dessus, dans un gros verre, pour affronter mieux les lames. Je mangeai ces charcutailles de haute époque ; à la table voisine les propos se faisaient rares, les têtes se rapprochaient, alourdies par le sommeil ou le souvenir de bêtes descendues en plein bond, mourant ; ces hommes étaient jeunes ; leur sommeil, leurs chasses, étaient vieux comme les fabliaux. Mes brigands valaques à la fin coiffèrent leurs bonnets, ils furent debout et, dans des cirés d'un noir d'encre dont les plis cassés brillaient, s'éloignèrent bravement vers leur besogne obscure de passeurs, de dormeurs ; l'un d'eux avait par-dessus cette cotte nocturne, étoilée, un fin visage aigu qu'il tourna vers moi ; il me fit un sourire complice ou apitoyé dans lequel jaillirent des dents blanches. On entendit démarrer des mobylettes. La nuit par la porte restée ouverte était trouble, immobile : la pluie galopait ailleurs, il y avait du brouillard maintenant. « C'est Jean le Pêcheur », dit Hélène, avec un petit mouvement de la tête vers ce brouillard où détalaient des moteurs grêles ; son geste était si vague qu'elle aurait pu aussi bien nommer le brouillard. Elle souriait. Ses rides dans ce sourire s'ordonnaient à merveille. Elle ferma sa porte, tripota des interrupteurs, tout s'éteignit, me levant je dormais déjà, j'étais n'importe où, dans des pays où les renards passent dans les rêves, et au cœur du brouillard des poissons qu'on ne voit pas sautent hors de l'eau, y retombent avec un bruit mat, au fin fond de la Dordogne c'est-à-dire nulle part, en Valachie.

Il plut pendant tout septembre.

Mes élèves n'étaient pas des monstres : c'étaient des enfants qui avaient peur de tout et riaient sans raison. On m'avait confié la petite classe, non pas la plus petite mais le cours élémentaire ; ça faisait beaucoup de petits corps semblables ; j'apprenais à les nommer, à les reconnaître, courant sous la pluie vers le trou venteux des préaux, pendant les récréations, tandis que derrière les hautes fenêtres je les observais, et puis tout à coup je ne les voyais plus, rencognés sous un auvent, derrière le corps multiple et cavalier de la pluie. J'étais seul dans la salle d'école. Je regardais sur tout un rang de patères leurs cabans pendus qui fumaient encore des pluies du matin, comme sèchent dans un bivouac les paletots d'une armée naine ; je nommais aussi ces petites défroques, je les attribuais, avec un peu d'émoi. Et bien sûr il y avait aux murs de grands tableaux avec des lettres, des syllabes, des mots et des phrases flanqués de dessins, de coloriages, toute l'imagerie naïve qui flatte les esprits enfantins, les ferre, et leur fourgue des conjugaisons qui font pleurer sous le leurre de garçonnets obèses qui font rire, de fillettes à nattes et de petits lapins. Les enfants bougent les pieds quand ils pensent, quand ils pleurent : je voyais sous les tables la trace de cette danse appliquée, triste, un peu de boue en rond ; et de gros pâtés sur le bois blanc témoignaient du même rythme, de la même piété. Oui, cela m'émouvait ; c'est que je n'en étais pas si loin, avec mes vingt ans ; surtout je m'en éloignais, je n'y étais plus.

Ce qui dormait sous la poussière dans un meuble à vitrine, contre le mur du fond, venait de beaucoup plus loin. Cela venait du siècle dernier, de l'époque barbichue, de la République des Jules, de ces temps où des curés périgourdins athlétiques retroussant leur soutane rampaient dans les grottes vers les os d'Adam, et où des instituteurs, périgourdins aussi, de même rampaient et se crottaient avec quelques mouflets vers l'os prouvant que l'homme n'est pas né d'Adam ; ça venait de là, comme l'attestaient les étiquettes collées sur chaque objet où des noms savants avaient été calligraphiés de la belle main qui caractérise ces temps, la belle écriture vaine, ronde, encombrée, fervente, qu'ils partageaient alors, les naïfs, les modestes des deux bords, ceux qui croyaient aux Écritures et ceux qui croyaient aux lendemains de l'homme ; mais ça venait aussi, quoique plus parcimonieusement, de notre siècle, de 1920 et alors la calligraphie avait déjà laissé de belles plumes à Verdun, de 1950 et la calligraphie s'était à jamais brûlé les ailes et était retombée en cendres, en pattes de mouche, dans les enfers de la Petite-Pologne près de la Slovaquie, les camps célèbres pas loin du camp d'Attila mais en regard de quoi le camp d'Attila était une école de philosophie, les plaines à betteraves et à miradors où Dieu ni l'homme une fois pour toutes n'eurent plus cours ; et en dépit de Verdun et des brouillards slovaques, les instituteurs sans calligraphie de notre siècle avaient continué tout de même, héroïquement dans un sens, à mettre des grands noms sur des petites pierres, avec la foi qui leur restait, celle de l'habitude, ce qui est mieux que rien ; et par-delà les instituteurs de tout poil, cela venait d'autres hommes, qui avaient fait l'objet et non pas l'étiquette, des hommes dont on ne sait plus s'ils croyaient à quelque chose en les faisant ou s'ils ne croyaient à rien et les faisaient par habitude, mais dont on pense avec raison que jamais ils ne déchurent jusqu'aux Cercles slovaques. C'étaient des pierres. C'étaient des armes à ce qu'on dit ; des harpons, des haches, des lames, qui avaient l'air des cailloux que le sol crache après les pluies d'orage, ce qu'ils sont aussi ; c'étaient les silex, les fabuleux silicates qui ont reçu les noms de patelins perdus et qui ont en retour chargé ces patelins d'un monceau d'âges, ont creusé dessous d'infinies catacombes, plus vieilles que Mycènes, plus vieilles que Memphis, toute la Genèse avec tous ses défunts, si bien qu'on se demande à qui s'adresse le maire des Eyzies, le 11 Novembre, avec son petit papier dans la bise devant le monument aux morts ; les grossiers silex précieux à leur façon comme les masques d'or de la vallée des Rois ; plus précieux ; les nobles silex aux noms à rallonges qui par-dessus leurs patronymes de paroisses dans la Somme, dans le Lot, dans l'Yonne, portent des prénoms de poissons et d'arbres, d'oiseaux, la *Feuille de Saule* de Solutré, le *Bec-de-Perroquet* de la Madeleine et la *Grande Limande* de Saint-Acheul, la plus belle, la plus vieille, la plus perverse, écaille à écaille éclatée, qui tuait impeccablement des bœufs. Il y avait là cette vitrine : c'est qu'on est à deux pas de Lascaux, la Grande Beune se jette dans la vieille Vézère, le sol est farci de cet outillage d'abattoir, ces grenades obsolètes à jamais dégoupillées roulent dans les ruisseaux, se prennent aux glaces, viennent dans les racines des arbres effondrés et sautent hors des labours, les enfants les ramassant sur un chemin les rapportent à l'école sous leur capote, dans leur petit bonnet valaque, et avec un gentil sourire tendent au maître qui s'y connaît, qui s'y intéresse, dans leur main débile, ce morceau de ténèbres. Cela fait ils s'assoient, défont leur cartable, s'absorbent en frottant des pieds, penchent leurs nattes et leur nuque fraîche sur un pensum où des petits lapins leur apprennent à lire, et pour faire plaisir à leurs parents, à leur maître, à eux-mêmes parfois, travaillent à devenir grands avec ça dans le dos, derrière une vitrine avec des étiquettes. Ces pierres donc avaient roulé jusqu'à l'école de Castelnau et attendaient le déluge pour rouler ailleurs, dûment étiquetées cette fois afin d'être lues des poissons. Il y avait encore un quart d'heure à tuer avant la fin de la récréation ; par la fenêtre toujours la pluie ou ce brouillard avec des gens dedans qu'Hélène avait appelé Jean le Pêcheur ; deux petites couettes là-bas tentaient une sortie dans la cour, piquaient un galop, avec des cris frileux et ravis revenaient dans le préau ; je laissais là les cailloux, leurs messes basses, je m'asseyais au bureau, j'étendais les jambes. Je m'adonnais à une autre dévotion, à une autre violence. Je pensais à la buraliste.

Le bureau de tabac était sous les vieilles arcades, sur le champ de foire qui est la place de Castelnau, avec les commerces. J'entrai là à peu de temps de mon arrivée, après l'école, un soir. Et bien sûr il pleuvait, j'avais les cheveux trempés ; la boutique était vide. Je regardai vaguement près de la porte le tourniquet de cartes postales, le loup esseulé de Font-de-Gaume et les grandes vaches de Lascaux, les bisons tout ronds, et ces femmes effarantes de même époque qu'on appelle des Vénus, les fesses démesurées, avec un long cou fin. On vend de ces images partout dans la région. Parmi ce zoo, ce harem, une image insolite m'arrêta un moment : c'était une reproduction de statuette polychrome, sans doute en plâtre, de pauvre facture, qui montrait un moine froqué, écroulé contre une souche d'arbre où de longues flèches le clouaient de part en part ; la tête tonsurée retombait, l'homme était mort. Retournant la carte, je lus que c'était le bienheureux Jean-Gabriel Perboyre, un jésuite que les Chinois supplicièrent vers 1650, et natif de Castelnau. Quoiqu'il fût un peu ridicule, le port abandonné de la tête le faisait touchant, avec une résignation, peut-être un accablement, qui seyaient mal à un saint, tout mort qu'il fût. J'entendis claquer des talons ; je me retournai et elle était derrière son comptoir. Je la voyais à mi-corps. Elle avait les bras nus.

Je ne crois guère aux beautés qui peu à peu se révèlent, pour peu qu'on les invente ; seules m'emportent les apparitions. Celle-ci me mit à l'instant d'abominables pensées dans le sang. C'est peu dire que c'était un beau morceau. Elle était grande et blanche, c'était du lait. C'était large et riche comme Là-Haut les houris, vaste mais étranglé, avec une taille serrée ; si les bêtes ont un regard qui ne dément pas leur corps, c'était une bête ; si les reines ont une façon à elles de porter sur la colonne d'un cou une tête pleine mais pure, clémente mais fatale, c'était la reine. Ce visage royal était nu comme un ventre :

là-dedans les yeux très clairs qu'ont miraculeusement des brunes à peau blanche, cette blondeur secrète sous le poil corbeau, cette énigme que rien, si d'aventure vous possédez ces femmes, ni les robes soulevées, ni les cris, ne dénoue. Elle avait entre trente et quarante ans. Tout en elle était connaissance du plaisir, celui sans doute qu'on entend d'habitude, mais celui aussi qu'elle dispensait à tous, à elle-même, à rien quand elle était seule et ne se voyait plus, seulement en posant là le gras de ses doigts, en tournant un peu la tête et alors les sequins d'or qu'elle avait aux oreilles touchaient sa joue, en vous regardant ou en regardant ailleurs, et ce plaisir était vif comme une plaie ; elle savait cela ; elle portait cela avec vaillance, avec passion. Allons, on ne peut en parler ; non, ça n'est pas né de l'argile : c'est comme le battement furieux de milliers d'ailes en tempête et il n'y a pas pourtant de matière plus comble, plus lourde, plus enferrée dans son poids. Le poids de ce mi-corps somme toute gracile en dépit de l'évasement des seins était considérable. Des paquets de cigarettes bien rangés derrière elle l'auréolaient. Je ne voyais pas sa jupe ; c'était pourtant là derrière le comptoir, démesuré, insoulevable. La pluie brusque dehors fouettait les vitres : je l'entendais crépiter sur cette chair intacte.

Mes cheveux dégouttaient encore sur mon front. Cette femme, les lèvres un peu ouvertes, bienveillante et à peine étonnée, considérait patiemment mon silence. Elle attendait ce que je voulais. Je parlai dans un rêve, d'une voix nette pourtant. Elle se détourna, son aisselle apparut quand elle leva le bras vers son rayonnage, et la main franche, suave, baguée, s'ouvrit sous mes yeux avec dans son creux le paquet rouge et blanc de la Marlboro. J'effleurai cela en prenant le paquet. Pour voir encore ce geste peut-être, la monnaie dans la paume, les ongles peints se réunissant, se défaisant, j'achetai aussi le saint fléché de la carte postale. Elle souriait tout à fait. « Vous voulez une enveloppe ? » dit-elle. Bien sûr que j'en voulais une. La voix était généreuse aussi, les paroles y venaient comme un don. Une fois de plus le bras blanc plongea, la main prit, les sequins créoles caressèrent la joue. Quand je sortis, l'éclaircie était au moment de se faire ; le pavé rajeuni luisait, il ne pleuvait plus. Dans la pente vers chez Hélène, vers la Grande Beune, le soleil parut, le ciel s'ouvrit et les arbres blonds s'élancèrent : j'avais dans la gorge, dans les oreilles, quelque chose de plaintif, de puissant comme le cri interminable mais coupé net, modulé, plein de larmes et d'invincible désir, qui fait venir de gorges nocturnes, enchaînées, curieusement libres, le mot *honey*, dans les blues. Dans la salle chez Hélène le soleil se couchait au-delà de la Beune, d'autres nuages très noirs se penchaient comme des servantes, venaient ; l'amour qui meut les étoiles émouvait les étoiles là-derrière, les fardait, les parait comme des Esther, les dénudait pour que toutes blanches elles se montrent dans un instant ; des rayons caressaient le poil roux du renard, des petits enfants dans la campagne voyaient luire un caillou rajeuni et c'était un biface qu'ils m'amèneraient demain avec quelque chose comme de l'amour ; là-haut sur la place la buraliste frémissait des fêtes brutales de la nuit, sa main peut-être tremblait fugacement sur un paquet de Marlboro, sa jupe caressait ses cuisses. *Honey*, quand le soleil descend, quand la nuit vient, quand l'âme des femmes est nue comme leur main.

Osais-je penser qu'elle pourrait être à moi ? Oui sans doute, et furieusement, mais par un miracle seul, à peine plus étonnant après tout que celui qui permettait qu'elle existât, à Castelnau, et faisait naître d'une main divine des paquets de Marlboro. J'étais dans l'âge où l'on croit n'avoir rien à donner, rien qu'on puisse échanger contre tant de richesses, les cuisses et les seins, les sequins d'or et le cri des jupes, rien, et sûrement pas cette chose incongrue qui vous pousse magistralement au ventre. Et puis j'étais de ces générations absurdes, encombrées, qui imaginent que le désir de vous vient aux femmes sous la réserve qu'on puisse leur parler de choses signalées ou sévères, la chansonnette ou les beaux-arts, la politique, la bouillie de l'air du temps ; ou, si on ne peut leur en parler, qu'on leur marque au moins que tout cela n'a pas de secret pour vous. J'étais joli garçon pourtant, sans doute aimable, et ce qui me poussait au ventre était bien suffisant pour la convaincre – ou l'aurait été plutôt, on l'apprendra, si son cœur comme on dit n'avait pas été pris. Donc je ne tentai rien, je n'eus d'autre geste vers cette main que pour y cueillir le paquet rouge et blanc ; mais je faisais l'avantageux en achetant *Le Monde* que je ne lisais pas – elle vendait aussi les journaux –, dont les exemplaires s'empilaient dans ma chambre au-dessus du grand trou inculte de la Beune, et certes elle ne voyait rien là qui m'avantageât et s'en foutait bien. J'allais tous les jours à la boutique, ce que ma passion vraie du tabac et ma passion feinte des feuilles indigestes justifiaient suffisamment : nous échangions quelques mots, elle donnait son sourire et la chaleur de sa voix, elle était patiente, sa jupe crissait, parfois je voyais ses jambes, ses talons toujours hauts.

2

J'avais remarqué que souvent, les dimanches et les après-midi, elle prenait à pied la route des Martres, haut talonnée toujours quel que fût le temps, fringuée, et revenait longtemps après, ou pas du tout – à moins qu'elle n'eût pris un détour que je ne connaissais pas. Je me demandais peu ce qu'elle allait y faire : le ciel me la donnait, l'y apercevoir me suffisait. Cette route devint bientôt ma passion. Il y avait là de grands prés, des noyers obscurs à la sortie du village, et plus loin des bois parcourus de multiples sentiers conduisant à des hameaux ; tout cela suivait la lèvre de la falaise, ça grimpait fort parfois, et il y avait des caches derrière des éboulis, des combes où rien ne se voyait que le ciel, des haltes secrètes sous des hêtres. Là, les après-midi de congé, le plus souvent sous la pluie, je faisais mine de prendre l'air et de m'intéresser fort aux herbes ou aux cailloux – les instituteurs ont de ces lubies, de ces licences –, mais je tournais en rond dans les sentiers et l'attendais, raide, crispé dans une contention douloureuse qui faisait battre comme à même mon sang une femme parée puis nue, rhabillée aussitôt et nue, un rythme de nylons, d'or et de peau, mille soies battant cette chair de soie. En ces dispositions j'allais jusqu'à la Beune ; je la regardais là en bas couler dans son trou, des eaux sales sous un ciel sale où des poissons invisibles frayaient, les yeux grands ouverts et mornes : que ce monde était beau pourtant, où des nylons pouvaient emplir mon esprit, le dénuder en dénudant une chair rêvée. Je revenais sous le couvert. Je m'arrêtais soudain ; j'imaginais sa bouche ; j'imaginais sa gorge ; à la pensée de ses reins je tremblais au-delà de toute convoitise. Te voyant, me disais-je, peut-être elle va sans un mot renverser la tête, trembler comme tu trembles, te saisir là où tu veux la saisir, et les jupes dans ses mains elle se donnera là, contre ce bouleau, dans ces flaques où seront tombés ses sequins, où pétriront ses paumes, où tu verras l'image de ses seins, et plus secouée qu'un arbre dans le vent ses grands cris renversés feront partir des corbeaux. Mon cœur manquait. J'entendais un bruit, je me donnais le maintien du promeneur attentif, ce n'était qu'une bête détalant : et d'autres fois elle était là, elle venait dans la feuillée, la boue, avec ses hauts talons et son fard impeccable, sa taille, gantée parfois, les mains dans les poches de son imper, la tête haute, la reine, à ma hauteur s'arrêtait, me parlait du mauvais temps, me disait gentiment que je fumais trop ; je répondais sur le même texte, je tombais dans son sourire, je voulais garder cette goutte de pluie prise dans le duvet de sa joue, hésitant, coulant. Le violet de ses cernes me déchirait, son parfum dans le bois me poussait au ventre. Elle s'éloignait, ses jupes bruissaient plus haut que les arbres, les talons transperçaient les feuilles tombées. L'imper que les mains dans les poches tendaient s'évasait à ses fesses. Je suffoquais de brutalité. Le monde était une chair blanche, un beau morceau. Jean-Gabriel Perboyre n'était pas percé de flèches plus brûlantes ni plus écroulé contre sa souche que je ne l'étais contre la mienne, me donnant du plaisir avec des mains qui n'étaient plus moi, qui étaient à elle : les délices dont elle me combla, qu'elle me donna bien elle-même dans un sens, car je suis sûr que ça n'était pas à son insu, sont les plus aiguës qui m'aient jamais traversé. D'autres fois elle ne venait pas du tout.

Je ne rentrais que près de la nuit. En descendant parmi les noyers je voyais là-haut le village valaque, périgourdin, la longue école perchée du temps des Jules où dormait l'arsenal, la panoplie de vieux hommes qui avaient eu du désir dans les bois ; et l'église un peu plus bas avec dedans son petit Jean-Gabriel qui avait désiré qu'on le suppliciât sur le fleuve Jaune, l'avait obtenu et était bienheureux ; et l'auberge éternelle. Les branches et la pluie se jetaient au carreau. Une bouilloire chantait, le percolateur fumait. J'étais trempé mais bouillais dans cette eau. Je m'asseyais éberlué sous le renard familier, il y avait quelques buveurs dans des cirés fumants, quelques passeurs qui à grands coups de bière sans décoller du comptoir se transportaient de l'autre côté, sur la rive d'en face qui ressemble à celle-ci, où il y a les mêmes gens, mais qui est plus molle, plus chaude, plus vibrante ; ils aidaient le passage en déclenchant une chansonnette du juke-box ; Jean le Pêcheur n'était pas là – d'ailleurs il n'y habitait pas et ne venait pas tous les soirs –, on l'avait vu partir avant l'aube à l'anguille, ou on ne savait quoi, il avait fait un clin d'œil et tournant le dos il avait disparu avec ses nasses, son araignée sur l'épaule, vers la Petite Beune. Hélène me servait son perpétuel jambon, ses pâtés de mousquetaire ; mon désir n'avait pas décru, il me pesait au ventre pendant que je mangeais. Je battais la campagne, je passais les bornes. J'imaginais, dans la salle sang-de-bœuf aux odeurs de mégot, de futaille, de salpêtre, tous les buveurs partis vers la nuit noire à quoi nul ne résiste, la buraliste cédant aussi à cet appel, se dressant sur son lit, jetant son imper sur son dos pour accourir là en tordant ses chevilles sur ses hauts talons, la reine, entrant comme le vent, à deux mains tremblantes ouvrant l'imper, et, à ma seule disposition sous l'œil réfléchi d'Hélène derrière son comptoir, jetée nue sur les tables poissées, sur le flipper éteint, y secouant ses sequins, y perdant ses yeux blancs, dans toutes les postures enfin où se puissent le plus largement connaître son poil corbeau, ses cuisses orgeat, ses fesses de nacre, jouissant immodérément sous un renard, ses cris d'orfraie tombant, dévalant la falaise, étonnant les braconniers accroupis sur la Beune. Je l'étripais. Hélène desservait, réfléchie, son gros bras plein d'élégance essuyait la table. Je pensais à ce qu'il y avait eu jadis sous ces belles guenilles : elle ne paraissait pas souffrir qu'il n'y eût plus rien, elle était débarrassée peut-être de cette enflure, de cette brûlure, qui jette les plus jeunes vers le drame et la nuit, les avilit et les sacre, les fait à quatre pattes se perdre de plaisir, et à quatre pattes aussi et à peine moins hurlantes se perdre d'autres fois de douleur, de deuil, de misère. La chair morte d'Hélène rayonnait. C'est que sa chair n'était plus elle mais qu'ailleurs, détachée, libre d'elle, sa chair était à l'anguille sur la Petite Beune, ou accoudée dans un autre bistrot à Saint-Amand-le-Petit épatait les buveurs par ses exploits au lancer, aux balances, son bagout, sa fine ruse très ancienne et ses bricolages de bouts de fil et de plomb qui ne l'étaient pas moins ; sa chair déambulait loin d'elle avec à l'épaule une besace bourrée de fretin, de Gitanes maïs, d'amorces, s'arrêtait bien campée face à la rivière et fouettait l'eau sombre de nylon clair, de mouches nickelées ; la chair d'Hélène était le meilleur pêcheur du canton, peut-être du département. Elle était la mère de

Jean le Pêcheur – et ceci maintenant lui suffisait, ceci serait encore là, sur ses talons près de l'eau guettant, pestant, exultant, ferrant, brutalement dévoilant les écailles de nacre dans la lumière vivante, quand elle serait en bouillie sous la terre de Castelnau, près de l'église. Elle me parlait un peu, entre ses paupières malignes me regardait bien et faisait mine de m'écouter, elle savait sans doute – quoiqu'elle ne sût pas que mon désir s'appelait précisément Yvonne et vendait des Marlboro. Donc un moment je les voyais là toutes les deux, l'absente et celle-ci, la callipyge et la devineresse, mais immémoriale chacune à sa façon. Je quittais la salle sang-de-bœuf, la caverne avec ses mères, ses fils, ses compagnons de tracteur dont les libations font des frères, et sa grande callipyge là-dessus molestée, creusant les reins, à cela donnant but et passion, démesurée, invisible. Les pères chassent dans l'au-delà. Je me couchais, la lune un instant pénétrait dans ma chambre et très loin dans des clairières perdues caressait des silex que nul ne voit, la pluie plus furieuse les enfouissait. Des portes battent dans la nuit noire ; le sexe encapuchonné des chiens frémit, ils grognent. Je m'endormais sur des femmes qui poussent ces portes, entrent dans des granges. Jean le Pêcheur prend une carpe.

Et le matin c'était l'école, la ronde des petits pieds. C'étaient les écritures qu'on apprend en pleurant, la phrase et l'orthographe, sans savoir – d'ailleurs on ne le saura jamais – que plus tard, quand les petites couettes seront du poil corbeau, quand les pantalons seront longs même en plein été, qu'alors il n'y aura plus que l'écriture avec tous ses effets, les machines et les offres d'emploi, les mobylettes gonflées et les fusils de chasse, les boums et le cinéma à Périgueux, il n'y aura plus que cela entre vous et ce qui vous pousse au ventre, ou, pour les petites couettes, entre vous et ce qui vous fend le ventre, pousse à l'envers. Les petits pieds bougeaient, les yeux tout ronds me regardaient. Les genoux s'appliquaient sous les tables, les mains écrivaient. Les calligraphes des Jules veillaient là-derrière avec leur belle main, et les autres mains, ferventes aussi et précises, qui écaille par écaille patiemment taillèrent les limandes acheuléennes, les harpons pour aller pêcher, écrire sur l'eau ; et moi qui continuais ; moi, sérieux comme un barbichu, qui leur apprenais l'orthographe avec son col monté, son boutonnage aux raccords exubérants, son falbala, sa fibule, mais qui, à peine étaient-ils dans le préau derrière la pluie, dépouillais et ouvrais une femme très blanche qui leur vendait des sucettes et qui leur souriait, qui était la maman de l'un d'entre eux. Oui, j'avais dans ma classe quelque chose qui lui ressemblait, qui en avait les yeux clairs sous la paupière charnue et les cheveux d'encre, mais pas les seins ni les fesses, sans parler des sequins, et qui donc ne lui ressemblait pas du tout : c'était Bernard, son fils, qui avait sept ans et dont la chair, surnuméraire, ne lui servait pas beaucoup à elle, car elle avait en propre une chair autrement impétueuse et dense que ces trente kilos de sept ans. Il y avait donc entre elle et moi une autre médiation que les cigarettes et les hébétudes fabuleuses que me donnaient les bois où elle apparaissait, une autre monnaie que ces rencontres truquées, furieuses, courtoises ; c'était cet enfant.

Novembre vint et la pluie ne cessait pas. La Beune était grosse, elle noyait les sentiers de pêcheurs. Des grues passèrent très bas et nous étions tous là dans la cour de l'école, le visage ruisselant, renversé, à considérer ce grand *V* qui jetait des cris sur le blanc épais des nuages, lentement ratissait le ciel comme un filet ramené dans la Beune ; un paysan en tua une, attardée, fatiguée, qui s'était posée près de l'eau et je la vis le soir chez Hélène, sur le comptoir entre les grands verres de mousse. La blessure n'apparaissait pas ; le cou blanc pendait de ce côté-ci, le bec s'allongeait comme pour le vol, à col étendu. Des hommes en ciré dégoulinant enfonçaient leurs doigts dans la plume, pétrissaient la grue morte. Elle ne fut pas empaillée, les gens n'ont plus le goût de ces choses-là.

Des grues passaient et mes élèves apprenaient à conjuguer. Entre deux cahiers corrigés à la grande table d'auberge, j'allais faire un flipper, me confronter au *Big Indian* emplumé qui vous défiait au fronton. Vers ce même temps un dimanche matin je montai vers mon petit Golgotha, souhaitant qu'Yvonne portât telle robe que je lui avais vue la veille, eût dans son poil les deux grands peignes que je préférais, dénudant les joues de sorte que s'offrît davantage l'empâtement léger par quoi le menton fléchissait vers le cou. Il y avait du monde dans le tabac, des hommes endimanchés venus des hameaux renouveler leurs paquets de gris, et des commères de village glanant après la messe de quoi médire, de quoi survivre. Derrière toutes ces épaules raides dans des costards, des robes de pilou, Yvonne servait, enjouée et donneuse comme à son ordinaire. Elle avait les peignes, elle avait la robe, son visage plus grand que jamais me dépossédait, m'enlevait au comble du bonheur. Un homme survint, qui dépassa cavalièrement tout ce monde et, s'appuyant au comptoir, se pencha à peine sur Yvonne ; il lui dit quelques mots que j'étais trop loin pour entendre, d'ailleurs il me sembla qu'il parlait à mi-voix. Je voyais sous sa nuque franche son complet pas trop bien coupé, mais allant bien sur ses épaules un peu tombantes, et de part et d'autre de lui des mains assez fines posées sur le grand éventaire de plastique sous quoi étaient les briquets. Yvonne le regardait. En un instant, en un clin d'œil, elle, si enjouée tout à l'heure, si altière et expansive, avait changé de visage. Changé ? Ce n'était pas qu'elle se fermât, qu'elle ne donnât plus ; elle donnait tout autre chose. Comme Jean-Gabriel peut-être, voyant la Main ineffable derrière celle qui bandait l'arc et bénissant les deux, tremblant : mais j'étais à cent lieues de penser à Jean-Gabriel. Elle s'était empourprée, le menton plus blanc hésitait s'il continuerait de sourire. Il continuait ; mais il y avait dans les yeux cet appel, ce rêve, ce refus, qu'ont les femmes de l'ombre et celles à la messe, une servilité délicieuse et un vain frisson de révolte plus délicieux encore. Elle bronchait, elle cédait, elle donnait à la fois sa révolte et sa défaite, les deux s'aiguisant sans qu'aucune l'emporte. Cela se fit en un moment, le murmure inaudible de l'homme, les mains appuyées sur la vitre aux briquets, le regard vacillant d'Yvonne et ce pathos brûlant à ses joues, l'éclair de bête bronchant, tenue ; plus que jamais massivement pleine et massivement évidée. L'homme fit volte-face, il était de taille médiocre, costaud mais sans plus, avec des cheveux épais d'un blond terne plantés bas, des yeux petits et sûrement rieurs, et une large bouche généreuse ou avide ; il avait le teint coloré et, je l'ai dit, la main déliée. Il n'avait pas salué, mais rien dans sa personne n'exprimait de la brusquerie ni de l'hostilité ; une certaine courtoisie au contraire, comme du calme, régnait sur cette carrure tombante, cette élégance un peu basse, ces traits gros et francs au charme inattendu et lui, ce charme, fin. Là-dessus le contentement un peu ivre des chasseurs qui viennent de réussir un coup de fusil. La pluie lui tomba aux épaules, sans presser le pas il regagna une vieille Peugeot dont il n'avait pas coupé le moteur. Pendant l'instant de silence qui pesa dans la boutique, je pensai au bruit du sang qui battait aux joues d'Yvonne. Les commères se regardaient avec de petits sourires dont la cruauté était bien près de les rendre belles, les paysans demandaient leurs cigarettes d'une voix lourdement câline, mais avec quelque chose de mauvais. J'étais de ceux-là sans doute. Yvonne baissait la tête, dérobait ses joues. Me vendant mes Marlboro, elle releva violemment les yeux et me regarda comme jamais elle ne l'avait fait.

3

À la fin de novembre le temps changea, les eaux se prirent. Les champs inondés gelèrent, des touffes de jonc cuites sortaient toutes droites de l'étendue. On était dans l'époque où on vend des vignettes pour les autos ; il pouvait être trois heures, et nous étions encore un dimanche. De la neige était tombée pendant la nuit, avec ces petits flocons réticents et serrés des grands froids, qui laissent peu de traces. Il gelait ferme, le ciel pur était rigide. La lumière semblait verte ; on pouvait attendre encore une heure de jour. Le tabac était plein de clients mécontents qui s'impatientaient, tapaient la semelle, et de guerre lasse s'en allaient : Yvonne n'était pas là, et le petit Bernard, qui gardait la boutique comme souvent il arrivait, s'il savait vendre journaux et cigarettes, n'aurait su faire les opérations compliquées qui accompagnent la délivrance des vignettes. Je sortis en coup de vent de la boutique : je ne sais quel pressentiment étranglé me fit prendre à fond de train la route des Martres ; sous les âcres noyers, je me retenais pour ne pas courir : le froid pur m'aiguisait, le monde était un nylon glacé, un fabuleux apprêt sous quoi palpitait je ne savais où une chair bouillante qu'il me fallait saisir, dont il me fallait brûler ; je voulais le soulever et qu'il crissât. Mes oreilles bourdonnaient, je n'étais plus à moi. Il y a une longue ligne droite après la sortie du bourg, plus loin que les noyers, avant les bois, tout entourée de grands champs ; mon regard durement fouillait ces champs, se portait aux confins, remontait aux lisières, tous lieux où mille fois naissait Yvonne dans ses bas, blanche, les reins nus dans le froid, mordue, jetée hors du bois dans les sévices de l'hiver et de mon esprit. Ce gros gibier mille fois disparaissait. Je vis soudain s'agiter très loin quelques petits points qui sortaient du couvert et s'engageaient sur le versant d'un pré ; se rapprochant, ils me laissèrent deviner la tache rouge d'un bonnet qui dansait doucement aux hasards du terrain ; et autour de celui-ci d'autres bonnets, des capuchons, d'autres jambes qui venaient hardiment, quatre ou cinq bonshommes résolus mais étriqués, comme de vieux petits nains. Ces nains portaient quelque chose ; ils poursuivaient leur chemin le long du pré vers la route, sans s'écarter de la lèvre brune de l'orée aux arbres cuits. Il arrivait à Yvonne aussi de prendre haut chaussée à travers prés, dans ses périples énigmatiques ; et les nains sans doute annoncent la reine, ils tournent autour d'elle : sans réfléchir davantage j'enjambai la haie et marchai à leur rencontre.

C'étaient des enfants de l'école, de ceux qui habitaient la commune des Martres, ainsi que je le reconnus alors qu'ils étaient encore loin. Ce que deux d'entre eux portaient sur un bâton pesant à leur épaule me surprit fort, et d'abord j'en doutai ; mais non, c'était bien un renard, suspendu par les pattes à la mode ancienne ou sauvage, et on ne savait pourquoi par ce moyen transporté à travers le froid. La bête était évidemment morte, la grosse touffe abandonnée de sa queue balayait les pieds des enfants, pesamment rousse sous le ciel vert. Je pressai encore le pas. Ce trophée d'un autre âge que des chasseurs nabots apportaient vers moi, l'offrande qu'ils m'allaient en faire, cette fine bête carnassière livrée à des mouflets de l'arrière-campagne, le bonnet rouge vif, les capuchons vieillots, l'affairement borné des porteurs et les danses sottes des autres qui gambadaient autour, tout cela décupla ma scélératesse, la fêla, l'affûta du malaise sans quoi elle est défectueuse. J'étais dans un fabliau obscène. Une cognée invisible à tour de bras ébranlait un arbre. Les bois s'emplirent du cri lamentable des loups se gorgeant d'une belle victime qui vous est chère ; ce bâton en travers d'épaules me parut propre à d'autres proies : j'y crus voir garrotté sous des nylons froids que la posture troussait, au lieu du poil roux celui, tout noir et cru, moussant aux cuisses épaisses de cette garce. Je courais tout à fait, j'en avais le prétexte ; des joncs se brisaient sous mes pieds ; l'air à mes oreilles m'étourdissait ; sortie du bois par une sente infime, toute droite et peut-être effrayante comme Ysengrin le connétable, âpre comme sa louve, elle était là à deux pas de moi debout, telle qu'en courant j'aurais pu la heurter. Elle me parut géante. Je m'arrêtai court.

Il n'y avait pas un souffle de vent au bord du bois. Elle était sur son trente et un, dans un de ces amples manteaux bruns du genre carrick qu'on imagine aux épaules de hautaines mijaurées début de siècle qui, le petit doigt en l'air et la bouche en cerise, regardent à la lorgnette des casaques au pesage ; là-dessous des perles, qu'en dépit de l'hiver elle découvrait à son cou ; les sequins comme toujours et de fins bas glacés sous quoi la blancheur exaspérée rosissait dans le froid. Tout ce chic à l'orée d'un bois perdu était déplacé comme une gravelure sur des casaques. J'essayai en vain de reprendre mon souffle, ce qui le coupait maintenant venait de plus bas, affûté comme un rasoir. Je crus qu'elle aussi avait couru, le souffle emportait dans une même précipitation la gorge, le carrick et les perles ; tout cela s'agitait ; au reste l'haleine courte que le gel divulguait disait assez son empressement ou son émoi. Le froid l'avait giflée, les lèvres étaient considérablement gercées, écorchées, mais maquillées sur la plaie. Elle regardait venir les enfants et m'abandonnait son profil, comme si elle ne m'avait pas vu : cette lourde coquetterie me fouetta autant que l'aurait fait sa nudité. Son haleine s'arrêta ; lentement elle me fit face, et avec un regard que le ravissement exaltait mieux que les sequins, mieux que le diadème corbeau et la bouche éclatée, elle me donna son beau visage noyé, ses pommettes bouillantes, ses yeux fixes ; ses narines frémissaient ; elle renversa un peu la tête vers la gauche comme pour regarder vers le bois, mais avec une lenteur affectée et sans me quitter des yeux : elle avait sur la droite ainsi découverte, épargnant le grain de beauté mais la poignant au plus plein, largement bourgeonnant au cou, fleurissant plus bas sous le carrick et effleurant la joue d'un pétale abject, la marque épaisse, boursouflée de sang noir et plus meurtrie qu'un cerne, plus mâchée que ses lèvres, que laissent avec éclat les fouets.

Le feu que cette vision fit circuler dans mes veines aurait dû m'arracher un cri. Rien ne pouvait égaler la mise à nu de ce visage où soudain avaient bondi comme ses autres lèvres, les fraises de ses seins. Son regard glorieux était planté dans le mien, je le saisissais et elle rougissait interminablement. L'arrogance et la honte se la disputaient, comme un morceau de viande deux chiens de même force ; et comme ce morceau de viande, elle tenait. Les enfants étaient sur nous ; allait-elle relever là ses jupes et me montrer le reste, devant eux ? Elle en avait l'ivresse.

Ils étaient à notre hauteur, ils passaient, avec de grands saluts bruyants ; les nains qui m'apportaient des cailloux regardaient la reine avec des yeux ronds bien directs, la buraliste ; l'un d'eux tenait un petit panier plein d'œufs blancs ; le goupil se balançait au rythme de la marche, la gueule ouverte sur tous ces os sertis dans des gencives noires ; la queue raide gelait. Je le vis en un éclair, nos yeux ne se lâchaient pas. La louve n'avait rien regardé. « Qu'est-ce que c'est ? » dis-je, hors de moi. Je ne sais de quoi je voulais parler, de quel indicible trophée roux ou cramoisi, mais ces mots m'étranglaient, il fallait qu'ils sortent : je les entends encore siffler dans l'air pris, s'embuer contre le fer des haches. J'étais l'arbre. « Ils le portent, dit-elle, dans les maisons, ils le montrent. On leur donne un peu d'argent, des œufs. Le soir ils le dépouillent contre une porte. » Sa voix était trop pointue et cinglante, avec une espèce de préciosité qui la fêlait ; elle retroussait ses lèvres enflées et zézayait un peu. Au-delà de toute rougeur ses mots étaient une honte pure, comme la marque fraîche qui brûlait dans le froid. « Que font-ils du corps ? » repris-je, dans la même exaltation. Elle hésita, la voix aiguë jaillit et se brisa net, sa bouche était sèche ; et dans un souffle, baissant enfin les yeux : « Je suppose qu'ils le donnent aux chiens. » Le morceau de viande se déchira, ses mains se raidirent dans la poche du carrick, elle frémit. Son menton tremblait.

Elle redevint la femme qui vendait des Marlboro au jeune instituteur et faisait comme elle pouvait sa vie à Castelnau. Elle existait. La grande callipyge est une pauvre femme. Elle détourna la tête comme quand on va pleurer et sans un mot me laissant là prit à travers le pré vers le village où elle vendrait des vignettes, avec sur la joue la sienne. Un autre cinglon au plus gras du mollet ornait la chair d'une ciselure gonflée et bouleversante sous le nylon noir. Elle marchait lentement, démesurément. Elle balançait en marchant. Les petits capuchons étaient en train de disparaître sous les noyers. À leurs épaules dans l'ombre, la bête emblématique, le coyote ou le chien *dingo,* le goupil, le décepteur des vieilles cosmogonies, le roux, le rusé, le flatteur du fabuliste, était depuis longtemps invisible, se balançait aussi sans doute. La nuit tombait, les étoiles affûtées se clouaient là-haut. Les haches frappèrent plus mat dans mon dos, l'arbre croula dans un fracas de porte de grange que le vent ouvre et claque. Les lumières s'allumaient dans Castelnau. Il y avait encore sur la grande nuit une main de blanc pur à l'ouest. La reine était au bas du pré, haut talonnée comme une grue, nue sous son falbala comme un poisson qu'on écaille. Ses reins bougeaient. Je pensai à ce qui les avait bougés tout à l'heure davantage. Je pensai à son enjouement, à sa cruelle élégance ; à l'orgueil d'être belle ; à la honte qui froissait sa voix haut perchée ; à ce qu'était son cri. Je pensai qu'elle était la maman du petit Bernard. Les joncs acérés caressaient ses chevilles, filaient son bas, coupaient. Cela me perchait au ventre. Sous l'ombre, sous le manteau, sous la jupe, sous les nylons, les sequins, les perles et le trente et un, sous les ganses et les fronces de la Milady, il y avait tout contre les bas nocturnes cette chair d'un jour éblouissant au plus blanc de quoi j'imaginais, vingt fois répétée, assenée, reçue dans des bonds intenses et ponctuée de sanglots, la lourde phrase sans réplique toujours redondante, toujours jubilante, suffocante, noire, l'écriture absolue qu'elle portait au visage.

4

J'appris le soir qu'un très ancien usage, sûrement délaissé depuis, voulait que les chasseurs, s'il leur arrivait de tuer un renard, en confient la dépouille aux plus innocents, afin qu'ils pèlerinent de village en village et dans la défaite ostentatoire de cette bête nuisible gagnent quelques sous, aient la jouissance et le revenu de la peau : cet animal, dit-on, transporte la rage. On disait jadis qu'il volait les anguilles, forçait les louves et dévastait les vignes. Moi, je le rapporterai toujours à la chair vaincue et dévastée d'Yvonne, à son âme dépouillée un soir de grand froid.

J'avais à Périgueux une petite copine dont il me faut bien parler. Elle était étudiante là-bas et venait me voir dans sa Dauphine, le plus souvent à l'improviste car son temps n'était pas compté. Elle s'était prise d'affection pour Hélène, et cette affection je crois était partagée : il leur arrivait de passer ensemble des journées entières dans la cuisine de l'auberge, pendant que j'étais à l'école, ou dans la grande salle sur une table de laquelle interminablement Mado – c'était mon amie – buvait le même café depuis longtemps refroidi et au gré de sa rêverie faisait des ronds avec sa tasse sur le bois ciré, s'attirant les foudres d'Hélène. Elles discutaillaient et se passaient des recettes de confitures, se montraient des photos et des bouts de garde-robe ; Mado complaisamment vantait ses bas et les faisait voir ; parfois la petite avait les yeux troubles quand je rentrais de la classe, la vieille était rêveusement bonasse, plus élégante peut-être, la mèche grise ramenée sous le fichu, elles avaient parlé d'homme, de ce qui jetait à l'anguille Jean le Pêcheur, du défunt cabaretier qui sûrement en valait un autre du temps où elle avait quelque chose sous les belles guenilles et lui des mains pour les trousser, de moi, en éludant toujours, effleurant et presque caressant mais repoussant de toutes parts, vers la Beune en bas, vers le renard là-haut, ce qui nous perchait au ventre, à moi, le cabaretier, Jean et les autres. Cela me donnait le sentiment qu'ont les hommes en pareille occasion, d'agacement mêlé d'une vague fatuité, avec la certitude que des couteaux acérés me lésaient dans ces conciliabules d'arrière-cuisine. Elles me souriaient, me faisaient du café et me coupaient de grandes tranches de gâteau. Tout cela était trop clair, je me réfugiais dans un coin avec des dictées, je prêtais l'oreille au fatras plus complexe des buveurs valaques qui se noircissaient aux bières, dans ce noir voyaient quelque chose et s'efforçaient d'en parler, l'apparition par exemple de Jean le Pêcheur dehors scrutant le noir profond, braconnant, cherchant sens dans chaque flaque du grand bayou sur quoi nous étions. J'attendais que ce soit fini, les histoires de bas et de fichus : le conciliabule s'émoussait à tant effleurer l'indicible, Mado s'avisait de ma présence, nous sortions. Nous prenions la Dauphine, l'arrêtions dans un chemin creux, et j'étreignais hâtivement la petite parmi les leviers de vitesse, dans cette voiture jouet qui nous était plutôt en l'occurrence un carcan. Elle était plus chauffée de ses passes verbales avec Hélène que de mes attentions : je ne disais mot et la prenais les yeux fermés, sans préambule, donnais tout à Yvonne, dans la main suave aux Marlboro, dans les fronces écartées du trente et un, tout au long de la balafre noire que dix jours durant un fichu avait dissimulée. Mado n'était pas compliquée, elle s'en contentait, comme la plupart font je suppose. Elle était brune aussi, plus mince, piquante comme on dit. Elle poussait dans la Dauphine de petits cris de souris comme quand on aime un plat. Les apprêts excessifs et la défaite totale, les bonds et les larmes, le couperet géant sur la petite conjonction des deux sexes, le crime qu'est et doit demeurer la jouissance, l'amour en somme n'était pas son fort. Il faut dire que je ne l'y aidais guère, j'avais cela ailleurs : il y avait sur la place un sacré couperet.

Il nous arrivait aussi de nous promener, de visiter la région, depuis Font-de-Gaume à Lascaux, de La Ferrassie à Sous-Grand-Lac. On le sait : sous ces lieux beaucoup d'eaux coulent, qui dans le calcaire font des trous. Au-dessus de ces trous pendant des années innombrables des rennes transhumèrent, qui de l'Atlantique remontaient au printemps vers l'herbe verte de l'Auvergne dans le tonnerre de leurs sabots, leur immense poussière sur l'horizon, leurs andouillers dessus, la tête morne de l'un appuyée sur la croupe de l'autre ; et là, dans le goulet crapuleux que forment s'embrassant la Vézère, les deux Beune, l'Auvézère, on les attendait avec des *limandes,* des *becs-de-perroquet,* des haros ; et les mangeurs de lichen de loin entendaient les tambours, voyaient des feux si c'était la nuit et le jour voyaient la fumée, mais sans dévier ils prenaient vers les tambours, s'étiraient dans les étroitures au bord de l'eau, tremblants ; ils y allaient tout droit ; car si les rennes avaient pu concevoir un dieu ou un démon ils l'auraient prié et pensé là, calendérique et imparable, chaque mois d'avril se levant partout à la fois sur les crêtes, déchaîné sans cause comme sont les dieux, apparaissant dans un corps multiple animé de la volonté unique de les rendre fous, dans des cliques à grandes gueules, des hommes tout en haches, des fosses avec des pieux dedans ; et ils auraient pensé que ce dieu était clément, car après tout ils n'en laissaient jamais là qu'un tiers, et le restant tout l'été jouissait des lichens d'or sur les basaltes, du soleil qui se couche derrière les doux volcans ronds quand le temps est beau et qu'on rumine l'herbe du jour. Et les hommes qui étaient ce dieu des rennes, après les huit jours de charivari, de sang, de vive force dans les goulets, d'écorchage, salaison et boucan, ces petits jours d'avril qui leur permettraient le reste de l'année de ne rien faire, regarder, parler, de s'emplir le ventre, de jouir de leurs femmes et d'aimer les petits enfants qui en sortaient, les hommes dit-on, et il semble que c'est vrai puisque le *carbone 14* a daté tout cela sans réplique comme l'aurait fait un barbichu, quand ils étaient las des enfants et des femmes, des palabres sous une hutte sang-de-bœuf avec leurs grands chapeaux pleins d'andouillers et de plumes, les hommes descendaient dans les grottes et faisaient des peintures. Pas tous les hommes : ceux-là seulement qui avaient la main plus déliée, l'esprit plus prompt ou contourné, les cœurs célibataires qui allaient la nuit chercher sens dans les flaques des Beune, ne l'y trouvaient pas et ramenaient à la place des pierres opaques qui font sens, des mots et des combinaisons de pierres et de mots qui font sens, et de ces combinaisons du pouvoir ; ceux qui voulaient expier le sang des rennes, mais pas pour les beaux yeux des rennes, pour être libres de tout souci et sans remords l'année suivante mieux tuer, d'une main que rien n'entache ;

ceux qui ayant peur des morts leur parlent mieux que quiconque, avec un petit papier ou pas, une écharpe tricolore ou pas ; ceux à qui le maire des Eyzies sans le savoir parle, que dans la bise il accole et salue sous les yeux des citoyens qui ont leur chapeau à la main, le 11 Novembre avec son pense-bête devant le monument aux morts. Le maire des Eyzies pense peut-être à eux pendant la sonnerie aux morts. Et c'était la mode naguère de voir dans ces quelques-uns des chamans, savants comme des barbichus et pieux comme des Mohicans, faisant venir le gibier et la pluie en dessinant dans le noir l'un et l'autre, puis dansant devant ce formidable buffet où de grandes vaches sautaient, où fuyait un loup seul ; et c'est la mode aujourd'hui d'y voir des artistes, puisque la mode est aux arts, elle a jeté aux orties les barbichus avec leurs primates gesticulants, comme si c'était si différent, comme si les arts aussi ne dansaient pas devant le buffet pour ébranler ses portes et qu'il s'ouvre tout grand sur des merveilles. Mais à la réflexion c'étaient bien des artistes, puisqu'aux autres ils interdisaient ce trou ou les y introduisaient au compte-gouttes avec un air de grand mystère, andouillers dessus et marmonnant des patenôtres, et parce que aussi sans doute ils écrivirent sur ces murs *Œdipe roi* et la *Théogonie* dans une écriture faite de bêtes que nous ne pouvons pas lire. Donc je me distrayais là d'Yvonne ou allais l'y voir par la tangente, le long chemin, comme le firent les vieux célibataires : nous allions visiter ces grottes derrière leurs sas, leurs guichets, leurs employés à casquette, Mado et moi ; et cent fois entre deux chemins creux entre Les Eyzies et Montignac, je me redisais et lui redisais ce couplet paléolithique.

Une fois, pendant les vacances de Noël, nous revenions d'une de ces virées. Entre les Martres et Castelnau, en venant des Martres, la route suit un moment la vallée puis s'en écarte et conduit par un détour à ce lieu dont j'ai parlé, là où sont les noyers, les champs hallucinés qui portaient Yvonne. Au point où la grand-route s'éloigne déjà de la Beune, mais en est proche encore, il y a un chemin carrossable vers celle-ci avec un panneau de syndicat d'initiative portant : *Grotte préhistorique de Chez-Quéret.* Nous avions déjà vu ce panneau mais l'avions dédaigné, la grotte n'étant pas répertoriée dans les petits bouquins qui guidaient nos choix. L'après-midi de ce jour-là était à peine entamé, la Dauphine avait fait déjà son petit office amoureux, nous étions partis le matin. Le chemin nous attira. Nous nous y engageâmes.

Il avait recommencé à pleuvoir après les huit jours du froid miraculeux qui m'avait livré Yvonne fouettée. La route vicinale s'effondrait dans des ornières, nous cahotions, nos essuie-glaces battaient. Nous fûmes en haut de la falaise, ça descendait encore un peu ; à mi-hauteur, il y avait une maison, les dépendances habituelles des fermes, une grange qui me parut énorme dans la pluie noire. C'était un peu plus bas que chez Hélène, mais sur la même lèvre de la falaise ; le site, l'escarpement, le calcaire pelé étaient semblables. La Beune très haute atteignait presque le chemin qui s'élargissait devant la maison, le noyait un peu plus bas ; elle était boueuse, affairée, mangeait le long de ses rives des restes de glaçons pendus, des guenilles restées là des grands froids ; des arbres nus s'égouttaient en face, lamentables comme le petit mammouth du Pech-Merle, qui est hirsute et dégoulinant, au trente-neuvième jour du Déluge. C'était doucement sinistre. Là-dedans, le duffle-coat sage et les jeans de Mado bondie vivement de la voiture me réchauffaient le cœur, m'amusaient. Il y avait une espèce de jardin de curé à traverser ; nous frappâmes ; on nous cria d'entrer. Dans la grande cuisine flottait âcrement cette odeur de poussière, immémoriale et comme fossile, de boue si ancienne qu'elle est devenue comestible, que font en cuisant les betteraves. Jean le Pêcheur, un couteau à la main, épluchait une soupe. De sa besace, son sac-médecine ouvert sur la table à côté de poireaux, sortait un paquet de Gitanes maïs entamé.

Nous voulions visiter. Il nous dit que lui-même ne s'en occupait pas, que Jeanjean n'était pas là mais qu'il n'allait pas tarder, nous fit asseoir. Je savais que sa pêche, dont il vendait le produit aux restaurateurs de la région, ne suffisait pas à le faire vivre : il servait chez un petit exploitant de la commune des Martres, Jean Leborgne, que depuis son enfance on appelait Jeanjean, et qu'on appelait encore ainsi quoiqu'il fût grand, peut-être pour le distinguer du Pêcheur à qui toujours on l'associait. Mais si ce diminutif m'était familier, roulé comme un gros caillou lisse dans la bouche des buveurs chez Hélène parmi des propos de pêche ou de batteuse, je ne connaissais pas l'homme. C'était donc là, chez Jeanjean.

Jean le Pêcheur demanda des nouvelles de sa mère, pour dire quelque chose je suppose, et Mado se brancha aussitôt. Elle avait allumé une Gitane maïs pour se donner l'air sapeur et parlait avec un grand sérieux, les jambes croisées et une main dans la poche de son duffle-coat ouvert. Elle était jolie, naturelle dans ce rôle de parleuse qui leur vient en même temps que poussent leurs seins, appliquée à cela comme mes élèves aux conjugaisons. Ses pieds bougeaient, elle aussi. Elle regardait bravement Jean le Pêcheur. Mais sa bonne volonté dérapait un peu : Jean ne cessait de sourire, sous cette grêle de propos il continuait son épluchage et son regard ne déviait pas des pommes de terre que son couteau mordait ; le fin profil aigu restait dans l'ombre ; il répondait peu et avait l'air de se foutre du monde. Il avait un air embarrassé aussi que je ne lui connaissais pas, lui si fin, si vif, si hâbleur : il était gêné peut-être de n'être pas loin d'ici penché sur la Beune, la nuit ; gêné qu'on le surprît à des occupations domestiques ; agacé surtout de ce qu'une jeune fille lui parlât de sa mère comme si elle la connaissait mieux que lui, et elle la connaissait mieux sûrement car elles étaient femmes l'une et l'autre. Il était un peu sous le regard de sa mère, et sa mère avait dix-huit ans. Il connaissait cette vieille et douce chanson sans doute, irrésistible, et ne pouvait que piquer du nez sur ses patates et sourire. Dans ce sourire il s'absentait, il marchait sur la rivière : il aurait voulu peut-être s'y perdre, près de l'eau là-bas bien vivant mais partout ailleurs ouï-dire, pure absence, apparition glorieuse toujours regrettée et encensée dans les bouches des buveurs, souvenir de lancers comme on ne les réussit qu'en rêve et de truites grandes comme ça. Il était là pourtant : en amont vers Saint-Amand où pactisent les deux Beune Jean le Pêcheur pêchait, fouettait l'eau et empoignait les écailles, mais plus bas en aval il besognait comme les autres vers les Martres, ici même.

La pluie se jetait au carreau. Il était trois heures à la grande pendule. Dans Castelnau Yvonne, qui ne parlait pas aux hommes de leur mère, qui ne leur parlait de rien parce que peut-être ce qui leur perche au ventre lui perchait dans la voix, qui leur parlait donc de tout et de rien, Yvonne à cette heure venait d'apparaître à mi-corps derrière son éventaire, sa jupe invisible caressant ses cuisses. Elle souriait à des acheteurs de tabac gris. Des passeurs sur la Beune ramaient vers elle ; il y avait derrière tout un équipage, les têtes penchées sous de grands chapeaux ruisselants, avec des lames affûtées sous les casaques. Je m'assoupissais dans la douce odeur terreuse des betteraves, je pensais à elle, au sombre appétit des passeurs. Je n'écoutais plus gazouiller la petite ; la vapeur soulevait un peu le couvercle de la casserole, Jean le Pêcheur attaquait les poireaux. La porte s'ouvrit, un homme dégoulinant entra dans une grande canadienne à fourrure, un passe-montagne plus ou moins valaque. Il se défit de tout cela et apparut : je le connaissais, je connaissais cette élégance un peu basse, cette main déliée, caressante, qui faisait glisser le bonnet par-dessus la tête. C'était l'homme à la Peugeot par qui avait rougi Yvonne. Ma rêverie prenait corps, elle se précisait avec le concours des événements qu'on croit réels, j'eus sous les yeux ce fard qu'elle avait piqué, ce pathos qui l'avait tenaillée aux joues. Le sang d'Yvonne un instant battit aux miennes. Je la vis presque là dans ses bas. Elle était derrière moi, le fourneau à ses reins et la vapeur à sa bouche, les passeurs crûment la tenaient. Jeanjean carrément fut sur nous, avenant, costaud, il nous serra la main comme à de vieilles connaissances, la bouche avide, heureuse ; il était extraordinairement à l'aise, s'affairant dans cette aisance, s'y grisant, avec en discourant ce contentement un peu ivre qui ne le quittait pas. Qu'on ne croie pas qu'il était content de lui, qu'il y avait dans cet homme trace de suffisance, ou quelque manœuvre pour effacer autrui dans le déploiement de son ivresse ; il aurait bien plutôt voulu la faire partager : mais ce qui le contentait et dansait dans son œil était hors de portée, c'était très loin de lui, détaché, comme s'il était toujours à pêcher sur la Beune quoiqu'il nous parlât ici même. Là-dessus il paraissait calme. C'était contagieux, les dents blanches de Jean le Pêcheur éclataient dans un sourire sans gêne. Jeanjean se lava les mains, se penchant devant un petit miroir sur l'évier lissa de ses doigts l'épaisse chevelure terne, avec la même satisfaction tendue. Il devait avoir dans les cinquante ans, mais sa vigoureuse ivresse le rajeunissait. Il prit une lampe de poche et, sans canadienne, nous précéda dehors ; il courut sous la pluie et entra dans la grange. Il nous l'avait dit : la caverne s'ouvrait au fond.

5

Il y avait dans la grange, emplissant tout l'espace de ses incompréhensibles rouages, une moissonneuse-batteuse verte de la marque John Deere. Nous contournâmes l'engin, il fallait se glisser le long du mur. Il n'y avait pas de bâti au fond, c'était directement accolé à la falaise. L'entrée de la grotte était plus petite qu'un homme debout, de la taille à peu près de Mado : nous nous y engageâmes derrière Jeanjean. C'était comme d'habitude ni plus ni moins, quand on marche dans ces antichambres et qu'on ne sait pas si on va tomber sur une nef à peintures, des vaches triomphantes ou des loups apeurés, une vague main peinte ou rien : nous suivions le rond de sa lampe de poche que derrière lui il dirigeait vers nos pas. On montait et descendait entre des pierres effondrées, on se glissait dans des failles, on piétinait dans des dolines où des résidus dormaient, on ne comprenait rien. On avait peur de se cogner la tête. Tout était gorgé d'eau, les argiles détrempées, blêmes, collaient aux semelles, les pluies de cet hiver pourri s'égouttaient là-haut, ruisselaient en mille endroits ; je pensai aux énormes vidanges de cinquante siècles qui s'étaient engouffrées là-dedans, quand se débâclaient les grandes glaciations. Il faisait plus doux que sur terre : cette chaude haleine ajoutait comme toujours au malaise d'être plus bas que les morts, comme si vous soufflait dessus une bête pendue à ces voûtes, rampant à l'aise sur ces sables pourris, toujours vous précédant hors du faisceau de la lampe mais par-dessus son épaule braquant sur vous son mufle et vous attendant au tournant, une grande abstraction ambulante, chaotique et toute prête à s'incarner pour peu que la lampe s'éteigne, quelque chose de plus aigu qu'Anubis et plus épais qu'un bœuf, le *miasme universel* à tête de mouton mort, à dents de loup, tout droit sur vous dans les ténèbres et vous regardant. Ce boyau était fort long, ponctué de cheminées, de salles médiocres ; dans celles-ci Jeanjean un instant s'arrêtait, promenait sa lampe sur les murs et disait quelques mots, géologie ou anecdote, mais il avait hâte d'aller plus loin. On ne voyait pas trace d'occupation humaine, pour l'instant. Je devinais Mado un peu agacée, elle me serrait le bras et trébuchait ; en haut d'un raidillon de sable sec dans quoi elle commençait à fatiguer, Jeanjean ouvrit un petit caisson étanche, éclaira un compteur électrique, leva le disjoncteur. Une salle immense s'alluma vivement.

C'était impressionnant. C'était nu. C'était la coupole de Lascaux à l'instant exact où y entrèrent les vieux célibataires, andouillers dessus, quand dans les torches leur cœur bondit ; quand se dévoila pour eux seuls l'impeccable étendue de calcite toute blanche, moelleuse, lisse, à peine grenue mais avec un grain tout de même qu'ils effleuraient du bout des doigts, ce *mondmilch* un peu grenu donc et calmement débordant de candeur, ce grand drapé tendu, servi comme sur un chevalet entre un liseré tout droit de quartzite plus noire et un plafond bulbeux, pesant, secret. Le décepteur qui dans le noir vous précède ne déçoit pas toujours, le miasme universel a de ces bontés, entre deux goulets, deux diaclases où on se rompt les os. Il n'y avait pas de peintures. C'était Lascaux au moment où les célibataires accroupis épousent leur pensée, conçoivent, brisent les bâtons d'ocre et touillent le charbon de bois dans une flaque, se taisent, le chapeau à andouillers posé à côté d'eux ; et peut-être qu'alors ils le prennent et le font tourner dans leurs mains, le chapeau, que doucement ils le regardent et pensent à leur petite enfance, pensent fortement qu'ils auront à mourir, qu'ils aiment s'emparer des femmes et manger, bluffer avec des andouillers sur la tête, mais que des dieux cléments et insatiables en cet instant les regardent, respirent par leur bouche, ont leur joie, et vont tout à l'heure les jeter avec cette joie contre ces murs, debout, incertains de leur propre volonté mais sûrs de leur main, traçant de grandes vaches rouges plus blessées que des femmes, comme elles bondissantes et joyeuses, traquées. Les vieux célibataires n'étaient pas là non plus, il y avait Jeanjean à la place. Il était arrêté là-dedans, bien visible contre les projecteurs. Il ne disait rien, content de lui, planté dans le cœur de cette fille des déluges, vibrant dans sa blancheur inépuisable. Mon désir de même se tenait dans Yvonne. L'artifice de la lumière exaltait le crin terne de ses cheveux ; son gros pull de laine verdâtre, auréolé aussi, tombait sur les épaules fuyantes, les mains basses. D'un grand geste lent et un peu théâtral qui délia haut sa main, il embrassa tout cela : « Comme vous pouvez le voir, dit-il, il n'y a rien. » Il était tout à fait sérieux quoiqu'il sourît, à peine pincé, et les yeux ivres erraient sur les parois, avidement, tendrement. Mado qui s'appuyait à la calcite, ramenant bien sur elle son duffle-coat, s'y blottissant, le regarda la bouche ouverte, ébahie. Il nous tourna le dos d'un seul coup et marcha vers le fond de la nef où s'ouvrait une autre galerie, un peu penché, affairé dans son perpétuel émoi ; il ajouta comme pour lui-même : « Absolument rien. » Il était déjà dans la galerie. Mado pouffait.

Dans les autres salles, des diverticules et des puits, éclairés aussi quoique avec moins de luxe, il n'y avait pas davantage trace humaine : seulement quelques griffades d'ours au plus blanc de la calcite et, dans de petites vitrines basses soigneusement aménagées qui sans doute servaient de caution et justifiaient le panneau du syndicat d'initiative, d'assez nombreux os fossiles, métatarses ou vertèbres, dont Jeanjean nous dit qu'ils provenaient d'ours, de renards et de loups, un de ces fuyards crépusculaires que nos ancêtres avaient coutume de représenter seul dans les fonds, et que les préhistoriens appellent *le troisième animal,* car il tourne le dos à ces rondes massives, redondantes, où s'enlacent par paires bisons et chevaux, mammouths et bœufs. Jeanjean était toujours joyeux, bienveillant ; il racontait comment il avait découvert tel os ; Mado riait ouvertement, non pas qu'elle se moquât, mais parce que cette solennité, ces loupiotes pour rien allumées sous la terre, le discours ravi de notre guide et notre temps perdu l'éberluaient, comme une plaisanterie qu'elle prenait du bon côté : tout à l'heure dans la voiture elle me dirait sans doute que Jeanjean était *gonflé.* Mais elle était chatouillée aussi, elle était séduite. Il la regardait d'ailleurs et lui parlait plus qu'à moi, avec presque de la complicité. Il y avait au-delà des vitrines un ruisseau qui faisait une vaste mare d'un beau vert ; ça se jetait dans la Beune. Jeanjean raconta que lorsqu'il avait déblayé cette partie, il avait trouvé dans la flaque des carpes toutes blanches et aveugles, des poissons albinos depuis des millénaires frayant dans le noir, les yeux grands ouverts et blancs ;

l'électricité les avait tués. Mado rêvait, les yeux dans cette mare. Nous fûmes dans l'habituel cul-de-sac, devant les boyaux impraticables, c'était fini. Jeanjean revint très vite, silencieux, Mado traînant la jambe derrière. Il traversa comme une flèche la grande bulle blanche ; puis les étroitures, les entrées, le dernier goulet enfin, entre la John Deere et le mur. Il pleuvait moins. Le ciel gris s'élevant paraissait plus grand ; un poney hirsute ruminait tout seul dans un pré, comme un petit cheval tartare abandonné dans les marches valaques ; il tremblait. La pauvre bête pissa, seule comme l'hiver. Je vis entre des sapins derrière un bois un clocher ; il n'était pas à un kilomètre. C'était l'église de Castelnau. Je m'étonnai ; Jeanjean me dit qu'en effet on en était tout près, qu'il ne fallait pas se fier à la route dont un long détour dénaturait le trajet, et qu'il y avait par les bois mille traverses pour venir en moins d'une demi-heure à Chez-Quéret. Ces caprices de la géographie l'amusèrent peut-être. Il regardait Castelnau. Il jubilait.

6

Je dois faire un aveu qui me coûte : je martyrisais Bernard. C'était un enfant délicieux, sans malice, plein de sagesse. Sa mère, qui l'avait eu d'un mariage raté et avait planté là son acolyte, ou l'inverse, sa mère l'adorait je crois. Elle avait de l'amour en reste pour cette chair surnuméraire, mais comme je l'ai dit, ça ne lui servait pas beaucoup. Je la revois l'attendant parfois au portail de l'école, perchée sur ses échasses, vigilante, heureuse parmi les commères ternes, plus haute qu'aucune, leur parlant, vive, énamourée de rien, mettant à l'enfant un petit bonnet ou lui tenant l'épaule pendant qu'elle bavardait, puis s'éloignant en lui donnant la main, mais ce que je revois le mieux évidemment ce sont les mains suaves dans le bonnet de laine, la bouche ourlée et gercée qui la faisait zézayer quand elle le câlinait, et s'en allant, démesurés, les jambes gainées et les reins bougeant le long de quoi, surnuméraires, trottinaient les petites guibolles sages que je ne revois pas bien. Il tendait les bras et prenait à pleines mains les joues, les énormes sequins, quand elle se penchait pour l'embrasser ; le poil corbeau caressait le visage de l'enfant, le peigne lentement dans cette masse glissait, la délivrait ; et quand il marchait le long d'elle, son petit cartable balancé d'un côté, il avait l'autre main passée en travers des jarrets, froissant et tendant la jupe, effleurant les bas. Je l'adorais moi aussi, dans le fond, Bernard. Il ne parlait pas beaucoup, il était curieusement réservé pour son âge : non pas placide et encore moins éteint, mais intensément réfléchi, comme arrêté en plein bond, et considérant les adultes avec une attention sérieuse qui n'était pas de la politesse. Il vous regardait profondément de ses yeux ronds, s'appliquant sans doute à comprendre, mais le grand sérieux et la profondeur de son zèle vous donnaient l'impression qu'il avait compris avant vous, vous prévoyait et même vous pardonnait. Ce n'était peut-être pas qu'une impression. Peut-être bien qu'il avait tout compris finalement, car il n'y a pas grand-chose à comprendre : ce Noël tous les jours, le contact universel de cette richesse multiple, le port de reine et les talons de grue, ce beau morceau toujours penché sur lui, depuis toujours tombé du ciel, ces mains qui n'étaient que connaissance du plaisir avec le gras de leurs doigts défaisant ses langes, plus tard préparant son cartable, ses tartines, lui avaient infusé un savoir sans mot, douloureux et passionnément ravi, et il n'avait pas beaucoup besoin de jouer, de se dépenser comme on dit, il pouvait rester là sur son petit fauteuil à regarder avec un peu d'effroi couler ce miel et ce lait, à se souvenir de cette dépense versée sur lui. Et il savait qu'en quelque endroit la source de miel et de lait n'était pas pour lui. Il savait certes cette jupe soulevable, quoique pour lui elle s'arrêtât quelque part, à des limites fermes et floues plus hautes que les bas, là où le grand don se convertit en supplice de ne pouvoir donner ni être donné ; il connaissait par-dessus ce don, ce refus, la garde-robe aussi familière que le buffet dans quoi il y avait le chocolat et les bols pour le verser, sans plus de secret pour lui que pour Jean le Pêcheur le contenu de son sac-médecine ; il connaissait les apprêts, les va-et-vient fiévreux en lingerie devant des miroirs dans des talons claquants, et assis dans son petit fauteuil il regardait, avec son attention sérieuse. Il connaissait le trente et un. Il la voyait frémir dessous ; et il prévoyait sans doute, avec le vieux regard de ses yeux neufs, la brûlure, l'enflure brusquement plus forte qui allait la jeter vers la nuit, son imper aux épaules, la nuit au sein de quoi Jeanjean l'attendait, adossé à son rien, son *Nobody* de calcite derrière la moissonneuse, adossé l'attendait ferme et soudain jailli de traverses sous le couteau de la lune il avait à sa main le masque blanc, le poil de nuit, il ouvrait calmement l'imper et calmement la brusquait, la tenait, relevait tout sur du lait, les talons se tordaient et la main suave s'écorchait au mur, il la bougeait dans des granges. Et Bernard tendant l'oreille là-bas dans son petit fauteuil entendait grogner des chiens, il n'entendait pas les cris d'orfraie. Mais il en voyait la trace, les lèvres en plaie et les yeux mâchés, les escarpins terreux, et parfois la grande trace, le trait de miel noir, le cassis enflé dans l'orgeat, quand elle rentrait en pleine nuit les joues noyées, qu'alors ouvrant un peu la porte de sa chambre il faisait mine de s'éveiller, ou s'éveillant pour de bon lui demandait, parmi les soieries défaites à terre sous ses pieds, ce que c'était, le miel noir, et elle, lui disant que ce n'était rien, vraiment rien, elle penchait vers lui son visage et l'embrassait à pleine bouche, pleurante ou riante. Et il s'endormait contre elle, serrant comme l'autre ce beau corps de victime, d'une autre façon que Jeanjean mais non moins aimante car l'amour est divers. Il s'endormait et sous le couteau de la lune des coqs chantaient avant la chute dans le trou noir, et un petit renard y fuyait qu'il n'entendait pas, car les renards ne glapissent que dans les rêves. Donc il avait tout cela, Bernard, dans ses yeux je ne voyais que cela et mon regard sans doute ne me trompait guère. Et à tout cela je mettais des mauvaises notes quand ça me chantait, j'émouvais tout cela par la tangente. Le fond d'irritation, de contention douloureuse de mon caractère s'y comblait. Et bien sûr j'attendais surtout que de ces injustices Yvonne me demandât raison, qu'elle vînt. Elle n'était pas de ces mères que tourmentent des préséances inessentielles et croient que l'avenir diffère pour chacun au gré de notes de dictée ; son amour pour Bernard était beaucoup plus vieux, elle ne devait pas même regarder mes cuistreries à l'encre rouge, elle était de l'âge du renne elle aussi : elle ne vint pas.

J'ai un souvenir bien précis. Cette année-là à Noël, Bernard avait eu un vélo. Pendant les congés je l'avais vu passer et repasser dans le raidillon devant *Chez Hélène,* cette chair surnuméraire s'appliquant à bien pédaler, se donnant du mal sur la petite machine, les mains fermes et les coudes un peu levés, drôles, la tête sérieusement penchée. Je me doutais qu'il passait là à ma seule intention, pour me faire voir que le Père Noël lui avait apporté un vélo, qu'il l'avait donc un peu mérité et n'était pas si méchant quoiqu'il y eût entre le maître et lui un malentendu : mais ce vélo allait le dissiper. Il s'efforçait de se montrer digne du beau cadeau en montant le raidillon de toute la force de ses guibolles ; et si devant l'auberge il me rencontrait enfin, essoufflé dans la grimpette, il me saluait d'un petit air modeste mais fier, magique, comme pour étendre à ce maître rétif la grande générosité du Père Noël, qu'il en profite en quelque sorte. Mais le Père Noël ne convoitait pas sa mère. Je faisais la sourde oreille et lui répondais à peine.

Ce vélo m'exaspérait, comme si toute ma

méchanceté et ma coulpe avaient pris corps dans ces trois morceaux de duralumin. Il m'apitoyait, il m'était insupportable ; et je répugnais à imaginer Yvonne choisissant la chose dans un bazar de Périgueux, sortant encombrée de ce paquet malséant comme une reine avec une pelle à l'épaule. Le matin de la rentrée, le petit fit une tentative désespérée. J'avais un bout de chemin à faire pour monter aux écoles ; Bernard, qui sans doute avait guetté mon apparition sur la place, me dépassa à vélo, s'arrêta, m'attendit, et les gambettes à terre de part et d'autre poussant l'attelage se mit à marcher à ma hauteur, sans parler, me regardant du coin de l'œil avec beaucoup de réflexion, mais aussi cette fois une grande attente et un peu de crainte. Je levais le nez. Je bouillais, il me fallait faire une vilenie ; je daignai l'apercevoir, et sans un mot pour le vélo, je lui dis que ses notes ne lui permettaient pas de courir les chemins ; que d'ailleurs en cet instant il importunait son maître par des impolitesses. Je m'éloignai à grands pas ; me retournant au portail je le vis là-bas arrêté, à la même place, les mains à son guidon et pleurant sans baisser la tête avec cette si grande grimace qu'ils font alors, offerte, comme prenant le monde à témoin de l'injustice du monde, appelant au fond d'eux les cieux et leur mère. Le vélo à ses mains brillait de tous ses chromes, inutile comme le Père Noël. J'aurais bien pleuré moi aussi.

Ainsi dans la salle d'école, à mon bureau, le

regard là-bas au fond sur la vitrine au-dessus de toutes ces têtes penchées, appliquées, parmi lesquelles il y avait la tête de Bernard dans quoi la présence inique d'un maître imprévisible était voile après voile recouverte par l'image d'Yvonne en petite culotte s'apprêtant, sur des talons virevoltant, mettant du rouge et courant se faire mettre du miel noir, dans cette salle où la pluie inlassable ruisselait sur les immenses croisées, j'exerçais un pouvoir qui n'était pas tout à fait celui des vieux célibataires puisque n'en surgissaient pas, visibles, de grandes vaches secouées dans les ténèbres et des loups seuls, mais qui s'en rapprochait bien car je concevais sans trêve une grande forme vive corvéable à merci, blanche et estampillée de rouge comme les Marlboro, et y plantais les dents du loup. Je les plantais aussi dans le veau tétant sous elle. Et les barbichus sans doute dans leur vitrine me réprouvaient parce que c'était leur rôle, parce qu'ils avaient peiné petits à apprendre *la ronde, la bâtarde, la romaine,* pour recouvrir ceci, l'y déguiser sous les vastes paraphes, les initiales drapées, mais ils m'absolvaient parce que sous leurs barbiches ils avaient eu des dents de loup à planter dans des cols plus gras qu'aujourd'hui s'évasant des carricks, des cuisses plus épaisses sous les crinolines. Pour les autres, ceux qui avaient taillé et planté leurs *limandes,* ils me condamnaient aussi et me révéraient comme ils avaient condamné en secret et ouvertement révéré ceux qui dédaignaient de faire des *limandes* et dans les trous à la place faisaient la grande callipyge, et par ce rêve brutal régnaient. Mais je ne pouvais tout à fait régner sur Bernard, peut-être parce que nous étions semblables : il souffrait sans doute, mais il avait derrière cette souffrance, ce mécompte où il faisait le compte des objets superflus, un vélo, un instituteur tyrannique, la moissonneuse de Jeanjean et Jeanjean lui-même que sa maman bizarrement allait voir sur son trente et un, le Père Noël et son vrai père aussi qui besognait dans l'au-delà, c'est-à-dire dans un supermarché de Périgueux et le prenait quelquefois pour les vacances, sous ces fardeaux d'incomplétude il avait à sa main une plénitude invincible, douloureuse certes puisque pour lui elle s'arrêtait au-dessus des bas quoiqu'elle s'y comblât pour le seul profit de quelque chose d'invisible, volontaire et massif comme le Dieu du catéchisme, mais une plénitude dont tout de même il embrassait les jarrets, les joues pleines et les sequins énormes. Et comme moi levant le nez entre deux soustractions, deux paragraphes, il regardait cette réplétion par les carreaux, derrière la pluie qui ne recouvre le monde que pour nous laisser voir nos rêves à la place, la satiété de nos rêves derrière ce rideau gris où tout est permis.

Les eaux montaient.

Il y eut un soir un de ces brouillards épais, immobiles et comme chauds, semblable à celui qui s'était levé la nuit de mon arrivée. J'étais à mes charcutailles quand Jean le Pêcheur entra avec deux acolytes ; les cirés étaient mats comme si on avait soufflé dessus. Les sacs-médecine sur les ventres étaient bourrés à craquer. Radieux dès la porte, Jean rigolait en douce, il mesurait ses effets et affectait un peu de lenteur sous laquelle sa hâte dansait : les buveurs ne disaient plus mot, eux aussi rigolaient, pétillaient d'impatience en reposant lentement leur verre, ils jouaient ce jeu où Jean les tenait. Au comptoir il défit posément les bretelles du sac-médecine et à pleine main, du geste sûr mais un peu provocant de ceux qui transgressent quelque loi et dans ce viol s'exaltent, il en sortit deux ou trois carpes qu'il leva bien, comme un Arawak, comme un Mohican brandissant par les ouïes le grand Esturgeon qu'on ne voit que dans les rêves. Ce n'était pas la plus commune, ni la carpe miroir à grandes écailles éparses, mais la carpe cuir qui n'a pas d'écailles, lisse comme l'eau, moirée et toute nue. Elle brillait et changeait dans la petite lumière, contre le rouge antique. Les poissons l'un après l'autre s'affalèrent avec un bruit mat sur le comptoir. Les acolytes en avaient aussi, qu'ils dévoilèrent avec plus de modestie, soucieux seulement de montrer qu'ils étaient dignes de la compétence du champion, comme il convient à des vassaux. Jean avait encore dans l'œil une flamme maligne, les dents éclataient, ça n'était pas fini ; il demanda du bout des lèvres qu'on devinât où il avait pêché ça. Quelques-uns aussitôt parlèrent de la retenue sur la Petite Beune, vers Saint-Amand, où les carpes cuir et les autres loin des eaux vives s'endorment, invisibles miroitent au plus sombre, au plus lent, se gorgent de boue et de cela font la chair suave, impondérable, qui vous passe à peine sur la langue. Mais ça n'était pas ça. Ça n'était pas là-bas, et pas davantage en aval sur les plans d'eau de la Dordogne. Jean regarda un moment les carpes puis, la tête violemment tournée vers nous : « Je les ai prises là, en bas. Elles descendent la Beune. » Des crocodiles glissant entre les joncs vers Chez-Quéret n'auraient pas étonné davantage. C'était comme d'anciens prodiges ; les goujons tombent en pluie, des esturgeons frayent dans la Vézère ; des reines qui sont carpes du nombril en aval sont surprises dans leur bain par un homme enflammé, elles battent avec fureur de la queue, font jaillir au plafond l'eau de leur baquet. Elles s'envolent avec des cris sous le couteau de la lune. Hélène pensivement les prit et alla les vider sur l'évier. Elle fit couler de l'eau. Elle réfléchissait et Jean aussi, ils regardaient tout ce rose qui est dans les poissons quand on les ouvre. En bas, des carpes atterrées descendaient le courant, inaptes à s'y tenir, là-dedans ballottées, le cuir blanc déchiré à des cailloux ; Jean le Pêcheur pour finir les levait d'un seul coup dans le brouillard, elles gonflaient comme des outres, éclataient, la gueule grande ouverte, avide. Des passeurs pied à terre accroupis dans les joncs les voyaient longtemps sauter sur l'herbe, mourir. Ils montraient des dents blanches. Hélène versa un peu d'une bouteille dans l'évier et plus forte que la futaille, que les mégots, passa l'odeur de coupure de l'eau de Javel. Jeanjean ailleurs affûtait le rien, d'autres carpes sous ses mains tremblaient, il leur faisait venir de l'eau, dans cette mousse indéfiniment les ranimait, par les ouïes les tenait suffocantes au-dessus, les replongeait ; Yvonne dans ce bain la bouche ouverte chantait un dur chant, indéfiniment allait mourir, le disait. Jean le Pêcheur buvait un rhum, il dodelinait, la nuit était plus forte. Les cirés sortaient, et tout de suite dehors le brouillard leur soufflait dessus. Les mains d'Hélène dans son tablier sentaient le poisson, elle regardait son fils qui savait le prendre : quand on a vu le grand Esturgeon on sait où sont les autres, il vous l'a dit en rêve. Bernard là-bas avait les yeux ouverts sur le brouillard plus clair dans sa chambre toute noire. Et enfin nous dormions tous, la Beune continuait.

SECONDE PARTIE

La Petite Beune

Pour Élodie

1

Il m'arrivait de regarder Jean jusqu'au vertige, quand aux heures tardives il dodelinait sous son rhum, sombrait doucement dans cette médecine nocturne.

Je savais tout de lui. Il avait une mère parfaite et il allait la nuit sur les Beune.

C'était un pêcheur, n'est-ce pas ; c'était là ce qu'il avait trouvé ; et comme tel on le connaissait aux Martres, à Saint-Amand, et jusqu'à Saint-Nom en aval comme Tonnerre en amont, c'est-à-dire aussi loin que les rivières allaient leur train sans pour autant cesser d'être d'ici, aussi loin qu'en quelques journées de marche on pouvait atteindre sans devoir renouveler la provision d'asticots, de mouches, de fil plombé, la provision qui rapetisse au fil des heures et le soir du deuxième jour, ou le matin du troisième, est épuisée, quand on a largué tout ce petit bataclan dans la gueule de truites intraitables ou la plus grande gueule du grand Brochet qui depuis les origines de la pêche digère en se riant tout hameçon, os ou acier trempé, interdit qu'on poursuive la pêche et de ce fait est le maître de la pêche ; en est l'intangible objet et la défense expresse, c'est-à-dire la loi ; ou encore quand on a tout laissé, fils et amorces, dans les branches basses des saules – car, tout Jean le Pêcheur qu'on soit, on rate son coup comme un autre ; et parce que les saules peut-être prennent ombrage de tout ce micmac sous eux, ils ont commerce avec le grand Brochet. Comme tel on connaissait Jean : un rigolo qui dormait peu et à la place de dormir regardait l'eau couler, suivait l'eau qui coulait, et dans tout cela qui coulait jetait le petit morceau de civilisation, le bouchon qu'un rien emporte, l'hameçon infime qui déchire, et qui pour cette raison-là est de la civilisation toute pure que la truite vérifie, à pleines mâchoires ; et, comme tous les rigolos, il était un peu flibustier, mais pas trop, un peu hors-la-loi, jouant entre les mailles du filet de la loi comme une vieille écrevisse rusée entre celles du filet de chanvre. Et pour ceux-là il y a des garde-pêche comme pour la vieille écrevisse il y a des pêcheurs : les gardes connaissaient Jean par cœur et l'alpaguaient de temps en temps, le garde de la préfecture qui tous les trente-six du mois venait de Périgueux et plus souvent les gendarmes des Martres, à l'heure toujours de l'interdit, la nuit, à la saison de l'écrevisse, quand d'une route perdue l'été où ils faisaient leur ronde dans le petit camion Renault couleur de nuit feux éteints ils l'apercevaient en bas appâter à la loupiote sur ce qui était à peine un ruisselet, parmi les cris de grenouilles voyaient la petite étoile d'homme dans les feuilles soudain très vertes s'allumer, s'éteindre, reprendre un peu plus loin dans un cri de grenouille, – et alors souriant tous les deux dans le noir, bien réveillés soudain de leur morne nuitée ambulante, lourds et souples sortant du Renault, descendant avec des ruses, des patiences infinies, par des prés gorgés d'eau où ils laissaient à moitié leurs bottes, ils lui tombaient dessus, Jean, penché sur le grouillement inlassable de carapaces naines et archaïques qui crapahutaient dans les balances, insomniaques elles aussi et sans trêve ramant comme c'est le destin des écrevisses, violemment exaltées là par tout ce qui puait au milieu de la balance, archaïquement puait, ces mélanges prohibés et savants de charogne, d'ail et de pastis, cette quintessence trouble que Jean fricotait mieux et avec plus d'amour que ce que lui-même mangeait. Et dans la loupiote braquée par en dessous Jean accroupi voyait sous son nez les bottes, les guêtres de cavalerie, et en relevant la tête les galons d'argent, le sombre éclat des képis, la loi, mais pas celle du grand Brochet ; et eux que la loupiote éblouissait ne voyaient pas tout d'abord la tête aiguë, les dents blanches, le perpétuel clin d'œil et l'air de se foutre du monde, mais ils entendaient grouiller le sac à pommes de terre plein, vivant, dans quoi remuaient et l'un l'autre se mangeaient les petits bestiaux, l'obscure nichée de pinces ; et d'autres fois sous la lune ronde les cognes voyaient l'éclair des dents blanches ; mais, lune ou nuit noire, ils l'avaient reconnu et à leur façon le saluaient, debout devant lui qui restait accroupi ; et tout ce monde avait fortement envie de rire, la loi et ce qui n'obéissait pas à la loi – car on était sur les Beune, la nuit. Mais ils n'en laissaient rien paraître ; il y avait évidemment l'algarade, les grosses voix de part et d'autre luttant, pour la forme et le plaisir de l'algarade, parmi le bref cliquetis d'écrevisses fuyant, le crapahut de cuirassiers nabots, antédiluviens, d'un seul jet giclant à reculons, gorgés de charogne et passionnément retournant à l'eau claire : l'algarade, les voix grondantes mais secrètement rigolardes des deux galonnés et de l'autre, qui portait les invisibles galons de la désobéissance civile et s'en exaltait, mais qui tous les trois, galonnés visiblement ou implicitement, se connaissaient comme leur poche, buvaient aux mêmes bistrots, s'encombraient des mêmes vieux savoirs sur la greffe des rosiers, les usages de l'anguille et de l'écrevisse, savoirs qui leur servaient à quelque chose, et d'autres savoirs aussi qui n'étaient que semblance, qui avaient trait aux femmes et ne leur servaient à rien ; qui échangeaient ces savoirs autour d'un verre ; qui savaient, galonnés ou pas, que les seconds n'étaient que semblance ; qui jouaient entre les mailles de la loi.

Donc après les éclats de voix les bourres regagnaient le Renault couleur de nuit avec parfois à l'épaule le sac d'écrevisses et en prime quelques tournées à venir aux Martres ou à Saint-Amand ; et d'autres fois c'était lui, Jean, qui gardait le sac d'écrevisses et en contrepartie recevrait dans quelques jours par les voies légales, celles qui ne courent pas la nuit sur les Beune, qui suivent le vélo du facteur, le petit *commandement,* la contredanse, parce qu'il faut bien que le monde fasse semblant de tourner, que les choses du plein jour s'échangent à ce qui se passe la nuit. Mais la contredanse, c'était Jeanjean qui la payait, ou Hélène. Et Jean faisait mine de s'en foutre, cela lui rajoutait même du galon, en quelque sorte. Mais c'était là que le bât le blessait. Et cela aussi, tout le monde le savait.

C'était en cela que Jean dérapait ; en cela qu'il était ce qu'on appelle un rigolo, c'est-à-dire un homme inapte à gagner sa vie ; mais qui de cette inaptitude a fait sa vie même. Il était à la tête pourtant d'une collection d'objets qui formaient une espèce de capital, mais qui étaient plutôt des moyens de production, puisque cela s'accroissait avec le temps, avait coûté pas mal d'argent et était tenu sous un cadenas dans le petit hangar que Jeanjean lui avait concédé tout contre la grange, la grange où la moissonneuse onze mois sur douze dormait, où douze mois sur douze s'ouvrait la caverne ; et ce capital en retour emplissait chaque nuit sa besace de poissons d'argent, les mille pièces qui courent sous la rivière et qui arrachées à la rivière sous la lune brillent, depuis le billon des ablettes jusqu'au pur lingot des carpes ; la fausse monnaie des poissons-chats et des loches ; mais jamais le grand Esturgeon, le maître dollar, la valeur et la loi. Et certes, si les poissons qu'on dit d'argent l'étaient véritablement, c'est-à-dire incorruptibles, œcuméniques, précieux non pas seulement à l'œil et à la langue mais par une secrète capacité à courir de chose en chose en valant pour toute chose, alors Jean eût été riche ; mais ce trésor d'écailles qu'il monnayait chez les restaurateurs du coin – surtout en été, quand les touristes après deux heures d'ennui et d'émoi mitigés sous Lascaux, Font-de-Gaume, La Ferrassie, remontent des gorges d'enfer, s'éblouissent de plein jour et allongent leurs jambes dans une guinguette au bord de l'eau parmi les feuilles, jouissent de se sentir contemporains de leur simple plaisir et non plus du vieil homme ténébreux qu'ils ont vu sous la terre, mais mangent du même poisson que le vieil homme, le trouvent à leur goût et comme le vieil homme ont des mots pour dire qu'il est à leur goût, et que le sont aussi les feuillages et le jour, la rivière –, ce trésor d'écailles et de chair neigeuse qui finissait dans le ventre des touristes lui permettait tout juste, à Jean, d'acheter son tabac, de mettre du mélange dans sa mobylette et de payer à des acolytes ou des gendarmes ces grands demis de bière qui sans décoller du comptoir vous transportent impeccablement de l'autre côté. Donc le capital (ou les moyens de production), non pas l'intérêt d'écailles mais le capital même, farfelu, stérile presque autant que la bibliothèque d'un lecteur ou le catalogue d'un coureur de jupes, dormait sous la clef chez Jeanjean, quoiqu'une partie fût toujours ici ou là sur les Beune, fouettât en quelque partie l'eau et s'emmêlât diversement dans le sac-médecine : un gisement de nasses, de guideaux, d'araignées et de balances, toutes choses de chanvre à travers quoi l'eau passe, mais pas les poissons ; et, bien rangées contre le mur dans le secret du hangar, toutes droites, accrochant un peu de lumière quand on ouvrait la porte, les mille et une cannes, les fibres classiques du tout-venant mais aussi les autres, depuis les plus modernes qu'on fait venir des pays de l'Est, celles du gros Danube, qui pèsent à peine, ploient comme une anguille et ont dedans plus de rigueur que la mâchoire d'une anguille, valent les yeux de la tête et pourraient sortir de la Beune un requin – mais pas le grand Brochet –, jusqu'à celles toutes simples en bambou, avec quoi sous la statue d'Apollon retenant ses chevaux sur le seuil de Versailles, Louis XIV lui-même en chapeau à plumes pêchait ; et avec celles-ci sans doute bien avant Louis XIV de vieux hommes inconcevables pêchèrent, sur la Vézère à Lascaux. Tout cela dûment démonté et lié reposait tout droit comme des totems dans le hangar où il fallait entrer en baissant la tête et garder dedans la tête baissée car ça n'était qu'un appentis mansardé, je l'ai vu ; et au-dessus des cannes, couchés sur une étagère sous les tuiles comme à l'école l'étaient dans la vitrine les bifaces du Moustier et de Saint-Acheul, j'ai vu les petits tambours nickelés, les moulinets de toutes sortes, dont les noms résonnaient plus haut dans le cœur de Jean que ceux de Saint-Acheul ou du Moustier, les *Quantum,* les *Mitchell,* et le grand *Shakespeare* qui est tarabiscoté comme la culasse d'un mousquet, caréné comme une kalachnikov, avec ses trois ou quatre crans de sûreté et son levier de piège à loup, pour sortir le brochet. J'ai vu le grand *Shakespeare ;* mais je n'ai pas vu le grand trident nickelé ; la pièce maîtresse qui existait ou n'existait pas ; l'arme blanche qui ne portait pas de nom, pas même celui de Shakespeare ; le trident que peut-être certaines nuits Jean allait saisir à tâtons dans une cache de ce mur pourri entre la grange et l'appentis, avec quoi il sortait, le boutonnant sous le ciré, le réchauffant contre lui et peut-être lui parlant, en cet appareil courait le long des eaux et s'arrêtant au confluent des Beune se défaisait du ciré, brandissait haut la belle forme triple, ou simplement accroupi la gardait à portée de main à ses pieds dans l'herbe, scrutant l'eau noire. Il attendait. Il ne bougeait pas. Elle venait sur l'eau, la lune, la vieille femme rajeunie, la vieille femme qui ne dort jamais ; elle tournait sur l'eau. L'arme dans l'herbe était bleue. Il ne souriait pas ; il sentait à son dos des fougères : on voyait soudain – la lune voyait – ses bras bleus, pas du seul bleu de l'ombre des saules, et sur ses omoplates les nageoires des tritons ; et le poisson calme qui allait apparaître, rusé, insomniaque, patient, c'était l'Esturgeon que nul n'a vu, ou la reine qui est carpe du nombril en aval, ou plus indiciblement sa propre mère. Les nageoires tremblaient aux épaules de Jean, ou c'était un peu de vent dans les saules ; la nasse lui ferrait le cœur ; et les gendarmes qui depuis un moment dans le Renault couleur de nuit tous feux éteints l'observaient, en silence descendaient enfin et lui tombaient dessus, les gendarmes pénalisaient l'affût nocturne hors saison, mais pas le trident, pas les nageoires, les galons de chez Neptune, que la lune seule voyait. Et de tout cela je n'ai rien vu, moi non plus.

Pas plus que je n'ai vu, entre les mains de Jeanjean, le grand trident de la jouissance.

(Mais j'ai vu le *Shakespeare* et le reste, quand plus tard je fis mine de m'intéresser à la pêche et que Jean, avec beaucoup de courtoisie et l'air de se foutre de moi, m'en montra les rudiments, les techniques, tout ce qui se transmet, s'apprend ou s'achète, c'est-à-dire tout ce qui est nécessaire et insuffisant. Le grand trident, qui donne à celui qui le possède l'empire des Beune, il ne me le montra pas.)

Oui, sur les Beune il avait une sorte d'empire ; du moins il le croyait. Mais si chez le quincaillier des Martres il voyait dans la vitrine un nouveau moulinet, s'il voulait renouveler ses bottes ou son abonnement au *Chasseur français,* payer les amendes surtout, alors il lui fallait dans sa besace autre chose que des truites ; autre chose que des leurres et des pipes-médecine ; des espèces plus sonnantes. C'était d'abord à Jeanjean qu'il demandait, à lui qu'il faisait le sourire impeccable, puisqu'aussi bien il servait chez Jeanjean et que ce travail qui n'en était pas tout à fait un lui servait en quelque sorte de couverture – à ses seuls yeux sans doute, car personne n'était dupe. Et s'il avait de quoi, Jeanjean donnait. Mais Jeanjean lui non plus ne roulait pas sur l'or, lui aussi comme on l'a vu se foutait du monde, était une espèce de rigolo, qui pour son compte courait et couvrait la plus blanche des Beune ; il fallait qu'il achetât ses complets et vraisemblablement les lingeries sophistiquées d'Yvonne ; et il se foutait de Jean aussi quoiqu'il l'aimât, le voyait venir et en lui se regardait, pas plus impressionné ni apitoyé que s'il s'était vu venir lui-même dans un miroir. Et d'ailleurs, si ce n'était pas juste après la moisson, dont Jeanjean tirait le plus clair de son revenu et qu'il faisait sur les terres des autres au volant de sa John Deere qui était son capital à lui, plus encombrant et sommaire mais un peu plus rentable que l'autre capital, si élégant, sophistiqué, archaïque, qui luisait doucement dans l'appentis non loin de la John Deere quand on ouvrait la porte, si ça n'était pas dans les deux ou trois mois après la moisson (c'est-à-dire au moment précis des grandes ouvertures de pêche, ce qui tombait bien), Jean le Pêcheur ne demandait pas un sou à Jeanjean, qui n'avait presque plus un sou ; mais qu'on fût dans l'opulence de septembre ou dans le raide juin, Jeanjean tenait à Jean table ouverte, Jean préparait cette table, et dans cet échange ils s'acquittaient. L'hiver donc il ne demandait rien à son patron. Mais il arrivait que la contredanse tombât en hiver. Alors il descendait tout droit *Chez Hélène.* Il descendait chez sa mère.

2

Il descendait chez Hélène.

Il connaissait le chemin ; et le descendant peut-être il serrait les dents, ou au contraire il chantonnait et se croyait très malin. Il appuyait contre la façade sa mobylette sur le cadre de quoi était liée la courte hongroise montée avec le *Shakespeare* pour le brochet, ou une plus longue, royale, en bambou jaune, s'il n'allait qu'à la friture ou voulait faire du genre ; et pourquoi pas, lié de même au cadre, le grand trident nickelé si c'était la nuit, s'il y avait du brouillard, si la lune même dormait. Il sortait donc du brouillard et passait la porte avec ce sourire à soulever les filles, lui qui ne soulevait que les carpes, avait pourtant jadis soulevé Maryse, l'avait même ramenée de Saint-Nom dans la Peugeot de Jeanjean et épousée, installée chez Jeanjean où il y avait de la place pour la John Deere et où il y aurait bien de la place pour Maryse, mais Maryse qui lut des magazines pendant trois ans de mariage face à la Beune n'avait pas trouvé dans les magazines la moindre mention de l'empire des Beune, rien dont elle pût prendre à son compte l'image et alimenter son espoir, avec quoi faire coïncider ce qu'elle avait sous ses yeux et dans son lit avec ce qu'elle avait dans la tête, et avec l'aide des magazines elle avait fait son deuil de ce rigolo, l'avait planté là, était retournée à Saint-Nom où elle avait épousé en secondes noces un employé des Postes qui ne pêchait ni ne chassait, ni ne fumait, qui peignait le dimanche, possédait des livres, et qu'après dix ans de mariage elle tenait aussi pour un rigolo, pour des raisons inverses et tout aussi recevables. Avec ce sourire sans emploi qui n'avait pas retenu Maryse, qui n'appâtait pas le poisson et n'était échangeable contre rien chez le quincaillier des Martres, Jean s'encadrait là, dans le long ciré terni de brouillard, mat, silencieux sur les souples pataugas, les cheveux d'Indien dégoulinant en mèches sur le front, flou d'expression mais tout sourire comme si le brouillard même avait souri. Il remontait un peu la besace sur son épaule. Il entrait dans son auberge éternelle.

Quand il venait pour cela, pour le billet de mille et rien d'autre, c'était à la fin de la veillée, et la nuit avait repris les buveurs.

Et alors si j'étais là, à mes denrées de haute époque ou à mes dictées, il me faisait un clin d'œil, et je suppose que quand il n'y avait personne il clignait aussi, pour les chaises, pour le renard, pour lui-même. Il s'approchait du comptoir en regardant par terre, mais souriant, s'arrêtait devant, à l'endroit exact où les culs des verres avaient fini par traverser le formica, là où les buveurs le plus volontiers s'installaient, les premiers arrivés, les mieux en cour, et derrière quoi la plupart du temps Hélène se tenait, songeuse, les gros bras appuyés, toute d'élégance dans le tablier cyclamen où des boutons manquaient, le haillon sur la tête, cyclamen ou lilas ; Jean ne parlait pas – ou alors c'était un vague bonjour dont les syllabes se formaient on ne savait où, dans la besace peut-être, sans que le sourire en fût altéré d'un poil ; le gros bras d'Hélène se portait au col du tablier et la main s'absorbait dans le bouton du haut, ou à la place vacante où aurait dû être le bouton du haut, pendant qu'elle le regardait venir ; et ses yeux avaient la même précaution rêveuse que la main, le même abandon. Il souriait. Et elle aussi se mettait à sourire, avec lenteur et jusqu'au bout, mais son sourire à elle n'était pas cette peinture de guerre, cette réclame ou ce bouclier d'ivoire, peut-être les trois, accrochés en permanence sous les cheveux d'Indien ; il n'était pas figé, le sourire d'Hélène, il variait, sautait en un instant de la joie à la mélancolie, et de l'une à l'autre ses rides s'ordonnaient à merveille autour de cet arc-en-ciel de l'âme, changeant, vibrant : sa chair qui courait les Beune la nuit était là devant elle, elle s'émouvait de cette tangence fugace.

Elle lui versait un rhum et le regardait boire. Il piquait du nez là-dedans, les yeux toujours en dessous, l'air de se foutre du monde dédié aux chaises, au carreau. Et si j'étais au fond à mes charcutailles ou à mes dictées, ou tout occupé de ce creux considérable que m'avait fait au ventre une après-midi d'errance sur la piste de fins talons d'où s'évasait plus haute que les arbres la chair serrée d'Yvonne, si j'étais là et quelles que fussent mes pensées soudain je n'y pensais plus, je les délaissais pour cette réalité plus forte ; je regardais ce petit numéro très ancien : calmement sous un renard la devineresse debout contemplant sa chair qui était le meilleur pêcheur du canton mais qui piquait du nez, avait oublié à la porte ses nageoires de triton et paraissait avoir douze ans quoiqu'il en eût plus de trente, quoique même il eût pris soin d'accrocher à ses dents le sourire de guerre, et elle, la main dans la poche de son tablier, qui déjà touchait le porte-monnaie, l'avait empoigné dans la poche, et mentalement faisait le compte de ce qui lui restait, du nombre de demis servis dans la journée. Alors parfois il sortait de sa musette les truites, la sempiternelle monnaie de singe ; et d'autres fois pas tout de suite. Mais la plupart du temps pour le reste, son rhum bu, Jean le Pêcheur se levait et faisait le tour du comptoir, allait dans l'arrière-cuisine où elle le suivait ; tout cela sans un mot. Ils tiraient un peu la porte sur eux et dans le bistrot rouge antique il n'y avait plus que le flipper éteint, l'œil du renard avec ses crocs dehors, et sur ce flipper sous ce renard dans mes imaginations Yvonne jetée, sequins tintant, linges ouverts, les jupes à la nuque, le chant aux lèvres ; je la laissais chanter, j'avais le temps. Le brouillard s'appuyait au carreau. Dans ce brouillard dans l'au-delà les pères chassaient à chevrotines, ou bien ils me regardaient, vagues, blancs, colossaux, invisibles, embusqués dans le brouillard sur l'appui de la fenêtre. S'il y avait du vent, j'entendais leurs décharges et leurs cris de chasse au fond des bois : ils étaient loin, je ne risquais rien, je m'approchais interminablement d'Yvonne dont la plainte redoublait, elle me voulait, elle me redoutait, elle m'appelait, j'allais la saisir, ah combien lentement je l'approchais – et au bout de cinq minutes Jean sortait de l'arrière-cuisine, de nouveau faisait le tour du comptoir, mais dans l'autre sens, il relevait le col du ciré, bien sec maintenant et noir, le visage vers moi alignait ses dents blanches, irréprochablement clignait de l'œil, disait trois mots venus de la besace ; il ouvrait la porte sur le brouillard : et dans la besace sur ce dos qui passait la porte, il pouvait bien y avoir des tiges-médecine, des sifflets de guerre et pourquoi pas des mèches de scalp, mais cette fois au milieu du bataclan mythologique il y avait le billet de mille. Hélène avec toujours son arc-en-ciel sur la figure regardait le brouillard. Elle tenait toujours le porte-monnaie dans la poche. J'entendais démarrer la mobylette.

Je savais tout de Jean, ce n'était pas sorcier ; même le grand trident, ça n'était pas sorcier. Et même quand il n'était pas sur les ruisseaux ni chez Hélène, quand donc là-bas à mi-pente de la falaise rouillée près de la grange énorme, dans l'odeur de betteraves cuisant, il se donnait un alibi, faisait semblant d'avoir un métier, – même là-bas chez Jeanjean j'imaginais ce qu'il faisait hors de son alibi ; hors de ce statut de garçon de ferme qui apparaissait sur sa carte de pêche et ne lui pesait pas plus que dans sa besace la carte de pêche. Je l'imaginais bien, et même parfois je l'ai vu : il bêchait sous les hortensias bleus, ou en hiver sous les tiges cuites dont il savait qu'à l'été elles portaient les hortensias bleus sous l'auvent, et de cette terre à fleurs il sortait les vers qu'il mettait dans la boîte de lait Guigoz en alu mat, pleine de terreau et de marc de café, percée çà et là avec un clou pour que fût aéré ce qui grouillait dedans ; ou, avec dégoût et bonheur, il truffait des charognes, pour l'écrevisse. Tout cela sans sorcellerie – quoiqu'il eût remis alors l'unique plume de sachem, invisible, souveraine, qu'on porte sous le regard du grand Esturgeon, et sans doute le sourire de guerre. En cet appareil la plupart du temps, quand la boîte de Guigoz prête était dans la musette, il allait chercher sa clef dans une cache de la grange et sortait une ligne de l'appentis, maillait, plombait, montait à des hameçons de huit l'empile de laiton pour le brochet ; ce faisant il priait à sa façon ; assis dans la courette était sur les Beune ; convoquait le brochet qui la veille à tel endroit lui avait emporté trois lignes et autant d'hameçons de huit, s'entretenait avec lui, comme toujours les hommes s'entretinrent avec ce qu'ils voulurent et n'eurent pas, en tous lieux et de toutes les façons, près des bassins de Versailles comme sur la Vézère jadis à Lascaux. Il pensait peut-être à Maryse aussi et lui parlait sur le même ton : c'est-à-dire à haute voix vraisemblablement quoiqu'elle ne fût pas là, à voix orgueilleuse, dans ce style solennel et déclamatoire qu'ont les palabres valaques. Et parfois quand il était assis en fin d'après-midi dans la courette, palabrant seul, les mains toutes requises par des nœuds byzantins, mais l'esprit libre, en chasse, tendu vers ce croqueur de lignes qui devait bien faire dans les trente livres et avait son trou sous les racines de tel orme, ou à dix pas de l'orme sous tel pont, dont lui, Jean, avait vu la grande dorsale quand l'autre avait plongé, qu'il avait insulté quand la troisième ligne avait cassé, qu'entre ses dents dans la courette de même il insultait, cajolait, qu'il prenait pour Maryse, – alors parfois dans ce travail patient de ligatures et d'insultes, de mots tendres et féroces, Jean avait conscience d'une ombre et levant la tête il voyait l'autre devant lui, tendre et féroce, comme affairé, immobile pourtant, ivre du vin universel mais en quelque façon plus sombre que l'univers nocturne, le col de la grande canadienne tout remonté contre le ciel jusqu'aux oreilles, les lèvres de viande crue ouvertes et heureuses. Ils se souriaient. Jean le Pêcheur voyait sur le devant de la canadienne les feuilles mortes écrasées, le pantalon frotté de terre aux genoux, l'autre revenait du bois, il revenait d'Yvonne. La canadienne parmi les odeurs de feuilles avait un peu de l'émoi d'Yvonne, son parfum, sa peau. Jeanjean se mettait à rire en silence. Dans cette odeur de femme ils se faisaient face un moment. Une fois de plus chacun vérifiait la souveraineté de l'autre, l'acolyte ; chacun voyait sur la tête de l'autre l'invisible plume de sachem grâce à quoi l'on passe à travers les mailles de la loi. Et, quoique chacun ne s'efforçât pas d'élargir la même maille du filet, ne passât pas par le même pertuis, quoique leurs empires donc fussent bien différents, ou parce que justement ils l'étaient, l'un ne prenait pas ombrage du règne de l'autre, chacun était à la fois le roi de l'autre et le sujet de l'autre : ainsi pouvaient-ils être amis, c'est-à-dire qu'indiscernablement ils se défiaient et se pardonnaient, que l'envie et le respect se partageaient leurs cœurs, et que le respect l'emportait d'un cheveu.

Jeanjean clignant de l'œil demandait : « Il n'y a eu personne aujourd'hui, pour la grotte, la visite ? » Jean éclatait de rire.

Je dois mettre ici un bémol. Et mentionner des on-dit auxquels je ne pouvais ni ne voulais ajouter foi.

L'hypothèse avait été avancée qu'il y aurait bien eu des peintures, derrière la John Deere, avant le temps de la John Deere.

Hélène n'en parlait jamais. Et personne n'abordait le sujet.

Le premier à le faire fut un des passeurs, un garçon de ferme nommé Gustave, que parfois Jeanjean prenait à la journée ; il carburait au rouge, était herculéen et très doux. Une nuit qu'à l'auberge il avait un peu forcé la dose (ce qui le rendait rêveur et sentimental) et que j'avais écouté d'une oreille distraite ses souvenirs, il fixa longtemps le renard empaillé. Il était au bord des larmes. Il dit : « C'était peint là-bas. C'était beau.

— Qu'est-ce qui était peint ?

— Le renard.

— Où ?

— Chez Jeanjean.

— Ah, jamais vu.

— Non, pas chez lui ; dans le trou. »

Là-dessus je tendis l'oreille à droite et à gauche.

Un petit vieux des Martres, très doux lui aussi, (il n'y voyait pas bien et portait d'épaisses lunettes) fabriquait de délicates maquettes d'attelages anciens, bœufs et charrettes d'antan. J'allai lui en acheter une. Je lui dis en riant que c'était bien avant les tracteurs et tout le bazar, jusqu'à la John Deere de Jeanjean.

« Ce n'étaient pourtant pas les bœufs qui manquaient, derrière la moissonneuse… C'était tout peint, *à l'ancienne,* des vaches, des taureaux…

— Vous les avez vues, ces peintures ?

— Et après ? Mais je sais. »

Au moment de la Noël, la reine emmena son fils à la montagne toute la durée des vacances. Je ne marchais plus sur ses pas dans les forêts, je passais le plus clair de mon temps à une table de l'auberge. Chaque soir je courtisais Gustave, lui payais des verres, restais près de lui des heures à l'affût de ses paroles ; je les aiguillais le plus souvent sur cette histoire de grotte. Il m'en dit beaucoup, et je pense que s'il disait vrai il en fut témoin, complice peut-être – mais jamais il ne l'avoua.

Il y avait eu des salles peintes ; les deux acolytes les avaient découvertes à l'achat de la moissonneuse, en agrandissant un peu la grotte de la falaise pour que puissent y entrer la barre de coupe et le broyeur à paille ; sous le marteau-piqueur le trou alluvial du fond s'était effondré, ils eurent devant eux les couloirs, les tunnels, jusqu'à la grande salle : elle était peinte.

Avant ces travaux nul ne connaissait l'existence ici d'un réseau souterrain. Et encore moins celle de peintures.

Ils avaient tout massacré à la lance.

Ils avaient tout balayé au Kärcher, cet appareil qu'avait récemment inventé Herr Kärcher, citoyen du Reich, et que l'armée US avait adopté pour en finir avec l'énorme détritus allemand – le paléo-Kärcher en somme, le *Steam Cleaner ;* les deux compères en avaient un ; ils l'avaient récupéré quand ils étaient dans la Résistance : je l'avais vu dans l'appentis de Jean, antique, énorme, au fond, sous les toiles d'araignée : semblable à un énorme aspirateur à taille d'homme, d'où émergeait un tube de projection surmonté d'un embout – une buse. Interrogé, Jean m'avait répondu en rigolant que ce n'était rien. C'était *Monsieur Ajax Propre.*

Ajax, soude caustique, eau de Javel, white-spirit, ammoniac, sablage, brosses, raclettes, tout le bataclan : ils ne s'étaient rien refusé. Bisons ineffables et vaches de manganèse, félin au bond et renne blessé, ils virèrent tout. Ils eurent pour seuls témoins les carpes albinos – elles n'en perçurent pas grand-chose, aveugles qu'elles étaient, et vite cuites bouillies dans leur jus, les yeux grands ouverts et blancs.

Étaient-ils ivres ? Voulaient-ils seulement rire, surmonter une fois de plus la Loi, une loi plus serrée que celle des contraventions pour braconnage, presque aussi coupante que celle qui joignait entre elles les cuisses d'Yvonne ? Étaient-ils des enfants effaçant le tableau noir où le maître leur a interminablement cliqué les jarretelles du verbe et appâté les hameçons de la grammaire ? Jeanjean voulait-il donner à visiter la seule présence vraie, qui est une absence ?

On avait du mal à y croire. Sans compter que si cette histoire était véridique, ils auraient gagné beaucoup d'argent en vendant l'accès aux touristes.

Quand il avait demandé par voie officielle la permission d'ouvrir une grotte visitable, juste après la guerre, personne ici, je l'ai dit, ne connaissait l'existence de ces excavations au-delà de la grotte à ciel ouvert. La commission archéologique venue vers 1950 aurait découvert des traces de pigments, charbon de bois, de l'oxyde de manganèse, rouille et ocre ; et les coulées abondantes d'une récente dégoulinade quasi diluvienne ; ils s'étaient posé des questions ; mais ça n'avait pas été plus loin : en cette période, on avait d'autres chats à fouetter, collabos à kärchériser, villes à reconstruire. Le grand ménage postglaciaire. Les experts parisiens validèrent sans sourciller davantage.

J'ajoute que Jeanjean, s'il avait quelques rudiments de culture préhistorique comme tous les enfants d'ici, semblait s'intéresser médiocrement aux arts. Je lui avais demandé un jour de venir à une après-midi de causeries publiques de peintres après l'école, locaux et moins locaux ; il était venu, par politesse, mais quand je me retournai à la deuxième intervention, il n'était déjà plus là. Les cuisses d'Yvonne sans doute, c'était l'heure, plus requérantes que le tableau titré *Le Confluent des deux Beune vu de Bord,* qu'une diapositive projetait au tableau.

Quant à la vérité, je crois que personne ne voulait la savoir.

Donc dans la courette de Chez-Quéret ils vérifiaient cela, ou la calomnie de cela, se souvenaient sans dire un mot, Jeanjean debout regardant entre les mains de l'autre le tranchant ténu des hameçons, imaginant à leur place le grand trident ; et l'autre, assis, avait à hauteur des yeux le pantalon comme foulé dans la terre des genoux à la taille. Et peut-être qu'enfin Jeanjean levait haut la main, lentement, et montrait à l'autre ce monde qui leur appartenait : ce monde voué à l'hiver avec un soleil pâle émergeant des brumes et découpant la grange, les trous de la falaise, la lèvre de la Beune, leurs ombres à tous les deux sur le mur de la grange ; et un moment ils se foutaient du monde, sans un mot. Ils se le partageaient et exultaient. Cela ne durait pas longtemps ; ils n'avaient pas de mots pour aller plus loin : ils n'étaient après tout que deux petits paysans bravaches, même si l'un était frotté de préhistoire, deux paysans perdus dans ce monde trop grand pour eux ; mais, comme il arrive, ils avaient retourné la situation et faisaient mine d'être trop grands pour le monde. Alors sans doute Jean se levait ou Jeanjean s'asseyait, ensemble ils insultaient le brochet, médisaient des femmes, allaient graisser la John Deere ou simplement fumaient en regardant bouger la Beune ; et à ce moment-là Yvonne qui revenait, toute blanche mais sa main blanche gantée, ses reins blancs plus éclipsés sous le trente et un que si entre moi et ses reins avaient poussé toutes les forêts de la Dordogne, ces reins que venait de fourrer Jeanjean, fourrée sous la soie de miel noir et sachant que je la savais fourrée mais royale, courtoise, fardée, Yvonne me rencontrait au coin d'un bois et un instant me parlant levait sa tête ravie vers ce soleil surgi des brumes, offrait à mes yeux son cou. Le crin bleu à ses épaules roulait sur l'imper. Elle était l'assouvissement même. Elle me plantait tremblant sous des hêtres et s'éloignait vers Castelnau. Et quand plus tard m'étant moi-même cherché avec les mains dégantées d'Yvonne, avec ses mains trouvé, dans ses mains répandu avec des cris de renard, je revenais, quand j'apercevais là-haut dans la nuit l'école, l'église et tous ses saints, l'auberge, le monde trop grand pour moi, à ce moment-là les deux acolytes de Chez-Quéret, la tribu à eux deux, les deux frères – quoiqu'ils n'eussent pas la même mère, pas non – plus le même père pour autant qu'on sache ce que les pères fabriquent dans l'au-delà, quelle femme dans le brouillard ils saisissent –, les deux frères donc mangeaient en silence, et l'odeur outrée de femme, sucrée, de la grande canadienne suspendue à côté de l'âtre se mêlait à la boue sucrée des betteraves. De l'un d'eux, oui, je savais tout. Je savais ce qu'il avait et ce qu'il en faisait, trident compris. Je savais aussi ce qu'il n'avait pas. Je savais surtout que je ne voulais pas devenir ce qu'il était, être lui.

Quant à l'autre, il avait la John Deere, la caverne et Yvonne.

3

Février et mars sont de tristes compères. La semaine grasse comme d'habitude tombait à leur jonction, quand ils tiennent le monde entre leurs mains chenues et si tremblantes qu'on craint toujours qu'ils ne lâchent tout. Mais non, ils ne lâchent rien : ce monde ils l'aiment, ils le triturent et le broient comme le vieillard et le mort empoignent la jeune fille nue, dans les vieilles peintures allemandes. Février et mars ont les mains tremblantes, mais c'est du fer. Mes imaginations avaient suivi ce décours de la terre, son grand âge, son nœud exaspéré : les vacances de Mardi gras me portèrent au comble de ma lascivité, puéril et caduc, étreignant ma fable avec passion.

Les barbichus, au temps où pour nos époques ils légiférèrent, ont trouvé bon de mettre des vacances scolaires dans ce creux de l'année, de courtes vacances : ils voulaient peut-être qu'on ait tout loisir de sentir que le monde bâille et craque, pendant ces petits jours où dans le deuil des oiseaux, des verdures, de l'espérance même, il n'a plus que ses imaginations lubriques pour tenir. Ou alors les barbichus, qui avaient de l'optimisme, qui étaient compatissants, souhaitaient nous dérober aux imaginations lubriques ; que distraits, oisifs, chantant, ballant, ivres, nous nous affranchissions un peu de ce joug : ils voulaient gentiment qu'on ait loisir de faire ripaille comme les hautes époques l'avaient fait, qu'on mange les cochons de fabliau, qu'on perce les fûts de fabliau, avec sur le visage un masque qui nous fasse pareils à ce monde hagard, vague et veule, que février et mars tiennent dans leurs griffes de fer. Car c'est Carnaval.

C'était Carnaval, j'avais cinq jours de vacances et Mado était venue.

Elle n'aurait pu tomber plus mal. Il me fallait évidemment m'occuper d'elle, lui donner la réplique, remarquer sa nouvelle ceinture, ses nouveaux jeans, son nouveau rouge, avoir des avis sur la poésie de Baudelaire ou la prose de Tartempion – c'était la littérature qu'elle étudiait à Périgueux, et ces congés d'hiver la trouvèrent dans le moment délicieux de la jeunesse où l'on commence à s'aviser que la littérature n'est pas seulement objet d'étude, mais chose vraie et plaisante : elle avait toujours quelque livre à portée et m'en lisait des passages, dans la chambre, dans la Dauphine, dans la grande salle sang-de-bœuf surtout, où elle avait trouvé en Hélène une oreille attentive, charmée, jeunette, pleine d'émois et d'élans – quand moi, cadenassé, sourd à tout, je m'accrochais au visage un sourire vaguement connaisseur et n'aurais souhaité que les jeter tous les trois par la fenêtre à la flotte, Mado, Hélène et Baudelaire. On écoutait Baudelaire sous le renard. Hélène lavait les grands verres derrière son comptoir, les essuyait, lentement, réfléchie, les faisait miroiter ; la voix de la petite montait ; les strophes barbichues scandaient leurs croyances viriles, leurs doutes et leurs espérances viriles, par cette voix de jeune fille ; elles crachaient leurs invectives viriles avec cette voix de jeune fille ; quelque chose, une image, un rythme, suspendait le geste d'Hélène, elle s'asseyait pour entendre la suite, les mains dans le tablier. Elle disait que c'était beau. La petite disait que oui, c'était beau. Dans cette ouverture leur grand cœur fondait. Elles étaient loin de février toutes les deux, encore que Baudelaire soit plutôt un poète de février. Moi, j'avais dans la poitrine ce cœur de glace que février et mars à leur joint se refilent, et pour le faire fondre, celui-là, il faut d'autres brasiers que les alexandrins. Je tournais ce cœur vers la fenêtre, j'y tournais mes yeux ; j'y voyais le brouillard ou le gel, et dans ce même brouillard ou ce même gel quelque part se tenait Yvonne ; là-haut sur la place ils contenaient Yvonne, ils frôlaient Yvonne, arpentaient Yvonne, la mesuraient, la ceinturaient, s'insinuaient en elle, ils étaient son linge – et je respirais passionnément ce linge universel.

Et Yvonne le sentait : vraiment, Mado n'aurait pu plus mal tomber avec son enthousiasme poétique. Entre les quatre mains crochetées de février et de mars Yvonne étrangement ballait – elle craquait.

Depuis le début de ces vacances ma visite quotidienne au tabac était comme entrer dans une chausse-trape qui faisait que mes jambes et mes mains tremblaient avant même de pousser la porte. Yvonne dansait le grelot. Elle avait peur et arpentait sa peur avec délectation ; elle était ivre d'elle-même ; elle me jetait par en dessous ce regard enjôleur, mais impersonnel, fuyant, qu'ont les femmes ensevelies dans leur propre chair au point de ne plus vous voir ni vous entendre, leur annonceriez-vous la fin du monde ; elle faisait des rires de fée, soudain rougissait et s'arrêtait, comme giflée – février et mars jouaient d'elle à quatre mains. Surtout, elle s'agitait plus que jamais dans les affres d'une élégance très exagérée – quelque chose même de risible, qui m'échauffait jusqu'aux os. Je lui voyais des robes d'été sous quoi elle aurait grelotté, n'eût été sa fièvre ; et d'autres fois des peaux fourrées de miel et de suie, des harnais de Grand Nord. Je m'attardais dans le tabac sous des prétextes, je détaillais les toilettes, les caracos, les courroies aux chevilles, à la taille, aux poignets, les talons, la jambe ; je n'avais pas assez d'yeux pour me repaître de tout cela, dans l'instant d'échange des Marlboro ; je bouillais surtout de ne pouvoir les après-midi me poster quelque part sur les chemins des Martres, la *Via Yvonnae,* l'attendre à en mourir jusqu'au soir. J'en étais bien empêché : Mado qui avait décidé de m'adorer en même temps qu'elle découvrait Baudelaire, Mado était toujours dans mes jambes, me faisait des gâteries et sollicitait mes jugements, m'amenait pour la dixième fois lorgner des vaches archaïques sous Font-de-Gaume, avant de gentiment me sauter dessus, tous jeans débouclés, entre deux sites à bifaces.

Ceci le samedi, le dimanche, le lundi. Et ce fut Mardi gras.

Le cours des choses se précipita.

Je dois dire ici que Jeanjean était parti en voyage depuis deux ou trois jours – on disait que c'était à Angoulême, pour un enterrement ou une noce. Et je peux dire aussi que le lundi soir, à la nuit tombée, on avait vu entrer dans l'auberge à l'heure des charcutailles deux hommes inconnus, fatigués, taciturnes, qui avaient demandé à dîner et coucher : c'étaient des transporteurs de grumes égarés que l'épaisseur du brouillard avait contraints de relâcher à Castelnau ; ils avaient laissé leur semi-remorques sur la place (un grumier de la marque Berliet, bleu roi, un autre verdâtre, comme un char d'assaut camouflé) ; ils perdaient du temps et de l'argent, ils n'avaient pas échangé trois mots pendant le dîner. Ils avaient ces gros bras tannés des routiers, ces tatouages, cette vêture et ces façons pas tout à fait citadines, pas campagnardes non plus pourtant, qui font d'eux une espèce d'hommes à part, comme les matelots. L'un d'eux, le plus vieux, le plus gros, portait la casquette à longue visière aux armes tricolores de la *Standard Oil*. Je me rappelle la curiosité que nous avions pour eux, Mado et moi, de ce que nous imaginions de leur vie, de leurs voyages ; je me rappelle la délicieuse angoisse d'enfant que j'éprouvai quand, Hélène ayant tripoté ses interrupteurs et décrété son couvre-feu, nous montâmes vers les chambres derrière ces deux carrures sombres et muettes, la très longue visière promenant sur le mur l'ombre d'un grand oiseau.

Au matin, dès que j'eus avalé le café au lait, je voulus m'échapper. La petite, qui attaquait ses tartines, avait l'œil charmé par quelques buveurs au comptoir qui décollaient dans les premiers calvas ; ils trinquaient avec les routiers ; Jean le Pêcheur venait d'entrer, royal ; je pris la poudre d'escampette. Le seuil franchi, j'eus plutôt l'impression d'entrer dans quelque chose : un brouillard dense dérobait à mi-jambe les arbres, scintillants mais drapés, cagoulés, harnachés comme pour un sacrifice. Je revois ce brouillard. Je revois ce fourreau que tissaient les eaux perfides et tricoteuses de la Beune, et qui le long de la falaise montait gainer les peupliers, l'auberge, l'église. Le monde avait mis ses dentelles pour que je les froisse, il m'aguichait de toutes les façons ; le monde est une femme. J'entrai en lui et fus un autre : peut-être est-ce là la cause de tout ce qui suivit ; car les causes, c'est du brouillard. C'est comme les passeurs dans le brouillard ; on ne sait qu'ils passent que quand ils sont passés, quand ils inclinent vers vous leur grand chapeau, quand on a deux doigts de leur fer en travers de la gorge.

Je grimpai le raidillon à toute allure, je fus sur la place ; en bas de la place plutôt, et le tabac est à l'autre bout, tout en haut : je ne le voyais pas, on n'y voyait pas à dix mètres, ces dix mètres étaient le monde, le diamètre du monde, qu'on trimballait avec soi en marchant, ou qui attendait là avec vous, autour de vous, bien docile, quand on s'arrêtait comme je venais de le faire. Je m'étais arrêté en effet, et ce n'était pas pour reprendre souffle, pas davantage pour mesurer le diamètre du monde ; ce n'était pas non plus pour reconnaître cet amas bleu roi de poutrelles et d'écrous, de ligatures et d'énormes troncs fraîchement coupés, sur quoi j'avais failli buter, et qui était le trente-huit tonnes Berliet de grumes : c'est que j'entendais à vingt mètres, peut-être dix, hors du monde, dans l'invisible, des talons aigus fouler le pavé de la place et venir vers moi.

Elle entra dans le monde visible, elle fut sur moi, nous nous vîmes. Elle s'arrêta. Elle ne disait mot. Les grands yeux très ouverts regardaient les miens. Les bêtes peintes du paléolithique s'ignorent mutuellement, les savants l'ont dit ; nous n'étions soudain plus de ces bêtes, nous nous tenions face à face. Elle portait un manteau de bête, que je lui avais vu très brièvement, en décembre, un jour qu'elle allait en ville et qui m'affolait plus encore que le manteau de novembre. Dans les gris. Du renard ? C'était marbré comme la zibeline et surligné comme la martre. Jamais vu. Une bête à elle sans doute, à elle réservée, sur mesure, ou le rongeur lambda qui fréquentait le Cro-Magnon avant l'arrivée du rat d'Asie. Elle me regardait toujours. J'étais raide. Maintenant, pensai-je, ah maintenant, dans cette chambre de brouillard. Maintenant, avant que tu ne sois fou à lier, fou à tuer, et qu'on ne transporte ta carcasse comme un renard de novembre. Maintenant, si tu veux que ce monde demeure, que tout en ce monde circule, s'échange, soit utile et clair comme ces fûts de beau chêne dont on fera des planchers, des mâts. J'élevai la main, l'ouvris, la posai comme dans un rêve sur la manche du manteau. Je crus sentir à travers la manche la totalité de ce corps, de cette volonté, de cette cambrure, de cet élan appuyé sur le colossal aplomb des talons hauts. Elle ne disait toujours mot. Elle ne retirait pas son bras. Elle prenait mon geste peut-être pour une façon amicale, un peu cavalière sans plus ; mais j'incline à croire qu'elle le prenait pour ce qu'il était. Maintenant, me dis-je, décide et prends, défais et broie comme à quatre mains février et mars défont le monde. Prends sans ambages. Dis-lui que tu prends. Je ne prenais pas, j'allais prendre. Tout cela me parut durer très longtemps. Un petit pas rapide dans mon dos grimpa le raidillon ; un souffle rapide palpita contre mon épaule : Mado était là. Je ne la regardai pas. Je lâchai le manteau. Je dis – j'aurais pu aussi bien sortir n'importe quoi sur les passeurs ou le renard, les nasses ou la caverne, puisqu'aussi bien tous les mots jamais inventés et employés par des hommes frôlaient cette chair que j'avais dû lâcher, que je n'avais pas même touchée véritablement – je dis avec un naturel forcé et égaré, en me donnant l'air de poursuivre une conversation entamée avec Yvonne : « Ça vient de la Beune. » Yvonne immédiatement entra dans mon jeu – mais était-ce bien un jeu, était-ce bien le mien ? – et dit quelques mots du brouillard, qu'en effet il venait d'en bas, qu'on aurait pu le couper avec un couteau, qu'on n'y voyait rien, mais l'air égaré elle aussi, comme si ce qu'elle nommait : brouillard, c'étaient les lames des passeurs qu'elle avait dans la gorge. Elle zézayait. Nous étions naturels comme des enfants surpris dans un préau à des gestes obscènes ou des sachems sioux qui font venir la pluie. Le regard de Mado allait de l'un à l'autre de ces deux bizarres disputeurs de brouillard, avec de la stupéfaction d'abord, puis peu à peu cette expression de triomphe pincé et indigné de qui découvre une vérité que jusque-là on lui cachait avec soin et qui le blesse. C'était vers elle qu'Yvonne s'était tournée maintenant, toujours enjôleuse, absente, hautaine sur ses aplombs, mais ce fut avec quelque chose d'anxieux, de plaintif, de pressé, d'avide, qu'elle demanda : « Vous venez de *Chez Hélène ?* Il y a *du monde ?* » La petite, avec son tout nouveau sourire coincé au bord des lèvres, dit méchamment que oui, Dieu merci, les habituels pochards étaient là, et les autres. « Qui ? » pria Yvonne. La petite répondit qu'elle n'avait qu'à y aller voir elle-même, nous tourna le dos et descendit en courant.

Nous bougeâmes immédiatement – plutôt Yvonne bougea et je la suivis sans un mot. Elle descendait elle aussi, elle *allait y voir.*

Ce fut alors seulement – j'étais un peu derrière elle et je la détaillais – ce fut alors que je pus savourer combien elle était en grande tenue. Plutôt je l'avais vu déjà, ou senti, mais en bloc, à l'instant où j'avais éprouvé à travers le manteau l'élan, la cambrure, la totalité éclose de ce corps. Maintenant le délice du détail m'apparaissait, quoique la fourrure me cachât presque tout. L'ourlet d'une robe bleu nuit dépassait un peu ; la transparence des bas noirs portait la chair au plus blanc ; le chignon apprêté, la masse de jais haute et troussée sur la nuque, les sequins dans ce jais, l'écarlate aux pommettes, aux lèvres, la paupière guindée de bleu, tout lui composait ce masque que Sumer a cherché, que Mycènes a cherché, que je suppose Cro-Magnon a cherché, et qu'a trouvé et porté à sa perfection Hollywood dans sa grande période. Tout cela exagéré, ridicule comme ça l'est toujours, délectablement ridicule, d'autant plus déplacé que le brouillard soufflait dessus. Mes yeux allaient de la nuque à l'ourlet, et avec mes yeux mon ventre. Nous montâmes le raidillon : j'eus brusquement le souvenir de Bernard pédalant sur ce raidillon en décembre ; et, avec ce souvenir de mon petit élève, j'eus la brève conscience aiguë de ce que j'étais, de ce que je devais m'efforcer d'être, tout indigne ou possédé que je fusse, moi qui avais des élèves, moi qui légiférais sur les accords verbaux : un successeur des barbichus, des pontifes (cette conscience de mon pouvoir redoubla mon désir) ; quelqu'un dont la fonction donc était d'enfouir couche après couche le masque d'Hollywood au fin fond du relatif, de l'inessentiel, sous les couches toujours restaurées des accords verbaux, des impératifs horaires et calendériques, des atlas et des chronologies, des généalogies, c'est-à-dire des encens brûlés sur des autels d'aïeux à Sumer, à Memphis, à Mycènes, qui ne furent Sumer, Memphis et Mycènes pourtant que parce que par-dessus tout elles avaient cherché le masque d'Hollywood, et par-dessus cette recherche pour la cacher, la maîtriser, en mieux jouir, avaient mis des nœuds de fer, des mots.

Et soudain une vérité seconde m'apparut : ce n'était pas pour défendre la haute civilisation que Sumer, Memphis et Hollywood avaient gardé secrets l'épilation et le glamour, les falbalas et les fibules, tout ce qui voile et dévoile au même instant le centre de tout, c'était pour le porter à son comble, lui garder son caractère de cause première et demi-secrète de l'Acropole, de la grammaire et des moteurs Berliet : Yvonne devant moi était le comble de l'humanité.

J'eus brièvement une admiration et une affection tristes pour Mado et son Baudelaire. C'était celle-ci pourtant, l'autre, que je suivais. L'ourlet sous mes yeux battait. Il voilait et dévoilait. La main sur la poignée, la grande callipyge me jeta un regard bref et poussa la porte de l'auberge.

4

Elle fut dans la futaille, les mégots, le salpêtre, dans la bulle sang-de-bœuf au cœur du monde. Elle fut sous le renard, indistinct là-haut dans sa pénombre. Je l'y avais si souvent rêvée que je croyais rêver car elle n'y venait jamais – les auberges de village étaient encore plus ou moins la *Maison des hommes,* à cette époque. Mais non : plus fort que la futaille et les mégots, j'avais son parfum sous mon nez de chien maigre ; j'avais sous mes yeux sa chair et non pas son image, sa chair sur quoi la jupe strictement tombait aux jarrets, pas l'image, pas l'interminable inversion de la jupe à la nuque. Elle avança doucement encore, l'ourlet battait à peine ; il me fallut faire à la suite d'Yvonne quelques pas pour voir, de dos, accoudée au bar, la carrure un peu tombante qu'étoffait la grande canadienne, surmontée aujourd'hui d'un inhabituel feutre mou : Jeanjean. Il était donc revenu. Accoudé au bar aussi, mais ses coudes derrière lui et nous faisant face, un pied un peu croisé sur l'autre, Jean le

Pêcheur : une fois de plus les deux compères, la tribu à eux deux, affichaient ce comportement fait d'accord profond et de ruptures légères, de contrepoints, de savants décalages, qu'on voit au théâtre autour des trônes shakespeariens entre le prince blanc et le prince noir, ou qu'on imagine marquant ces rôles, ces hiérarchies mal définies qui permettent de distinguer le *medicine man* du *warlord,* l'haruspice de l'augure, chez les Algonkins ou les Gros-Ventres, les Étrusques, les Valaques. Hélène, de face aussi mais de l'autre côté, lointaine, suspendue ; et pas de Mado dans cette scène sombre, elle était dans la chambre sans doute, à bouder. Autour de cela quelques comparses, de toutes leurs forces accrochés aux ailes des premiers calvas, parmi lesquels je reconnus le charbonnier des Martres, le coiffeur de Saint-Amand, bien sûr les deux transporteurs de grumes du bout du monde qui avaient couché là, avec le vieux qui avait toujours sa casquette du Midwest vissée sur la tête comme s'il l'avait gardée pour dormir, peu importe. Tous avaient tourné la tête sur notre entrée, sauf, comme on peut bien le penser, Jeanjean.

Le jukebox disait *Johnny B. Goode.*

Elle s'arrêta contre le flipper qui était resté allumé. Sa hanche le touchait. Ses cheveux étaient à la hauteur où clignote au fronton le *game over. Big Indian* impavide la toisait. Elle y était enfin, offerte sur le flipper. Sa main derrière elle en effleurait le rebord, puis l'étreignait avec force : elle s'y retenait peut-être, elle serait tombée. Tous, sauf Jeanjean qui ne regardait rien, la regardaient dans un parfait silence ; il fallait qu'elle parle. Sa main sur l'arête d'acier du flipper se crispa davantage. Les durs reflets fluo éclataient dans ses bagues. D'une voix terreuse, sournoise, maniérée, de ces voix dont un enfant même sait d'emblée qu'elles mentent, qu'elles inventent à mesure un propos d'artifice, elle demanda si quelqu'un ici avait vu Bernard. « Il est parti tôt ce matin, dit-elle, *courir les masques* » – ainsi appelle-t-on là-bas la mascarade et la déambulation qui jettent les enfants déguisés sur les chemins, de village en village, pour Carnaval ; ils vont de la sorte se montrer dans les fermes lointaines ; et l'usage veut que leur procession soit aussi une sorte de guerre : c'est que, si leur rôle à eux est de demeurer méconnaissables, le rôle des familles qu'ils visitent est d'arracher par surprise leur masque, de nommer celui qui le porte, et de la sorte n'avoir pas à donner l'œuf ou les quelques sous symboliques que reçoivent ceux qui ont su n'être pas, comme on dit, *démasqués.* Yvonne prétendait craindre que, tout à son enthousiasme, parti trop tôt, avant donc que ses camarades soient déguisés et même levés, Bernard n'ait pas eu la patience de les attendre et, téméraire comme il l'était, il soit parti tout seul et tristement sur les chemins. Elle ajouta qu'on pouvait le reconnaître facilement car il était déguisé en Chinois, avec une natte postiche… « Sait-on jamais, dit-elle, avec ce brouillard. Il n'a que huit ans. J'ai peur que… » Bien sûr qu'elle avait peur. Son regard affolé vacillait d'un homme à l'autre et caressait volontiers le col de la grande canadienne ; à moins qu'il ne fût tourné au-dedans d'elle, captivé, captif, enseveli dans sa chair. Elle se tut. Moi, pendant qu'elle tenait ce discours, je l'avais contournée et m'étais assis aux premières tables, près des buveurs, pour bien la voir, pour voir surtout qu'on la voyait, que du milieu de cette chaude pénombre de canadiennes, de cirés, de casquettes longues et courtes qu'avaient réunis les calvas, il y avait des regards pour se repaître de ce qui est plus fort que le calva. L'écoutais-je ?

Je n'en crus pas mes yeux : en parlant elle faisait ce que je lui aurais demandé de faire, si j'avais été son amant. Elle ouvrait ostensiblement la fourrure.

Elle l'écartait un peu.

Elle y mettait de la lenteur et une affectation de puissance, comme une reine montre le grand cordon ou une strip-teaseuse le triangle de strass. Elle ouvrait. Elle montrait. Elle avait dessous une robe fourreau bleu nuit très ajustée jusqu'à mi-cuisses, qui s'évasait de là aux genoux. Le fourreau était si collant qu'on apercevait en relief la ceinture et les attaches du porte-jarretelles tendant la soie – d'ordinaire elle évitait cette outrance, cette exhibition de lascivité. L'éclat du tissu dans la pénombre était déployé et comme tendu sur l'aplomb des talons, indéfiniment refermé pourtant sur chaque pli, plus aguicheur que des jambes ouvertes. Il me parut impossible qu'existât chose plus intouchable. Tout, cette affectation de maternité éhontée, cette voix de sorcière à la question ou de femme infidèle dans un série B, cette minauderie, enfin cet étendard de sa nudité, tout était ridicule et délectable, d'une beauté qui m'étouffait. J'aurais pu gémir. Nous aurions pu gémir, elle et moi. Je pensais à la chance offerte que j'avais perdue, tout à l'heure, dans le brouillard sur la place – non, il était impossible qu'elle m'eût été offerte.

« Tu *cours* aussi *les masques,* Yvonne ? » lança largement Jean le Pêcheur.

Il n'avait pas bougé, seulement le sourire de guerre s'était un peu cherché sur son visage, s'était trouvé et était là, retroussé sans défaut sur les dents blanches. Jeanjean retourna enfin la tête, les yeux seuls par-dessus le col de la grande canadienne considérant du haut en bas l'étendard de nudité, se fixant au ventre. Elle se cambra un peu. Les comparses rirent, mais à peine, comme il convient à des vassaux. Eux aussi étaient fixés au ventre. Jeanjean se tourna : il était en complet sous le surcot, avec la chemise blanche et la cravate. Le Pêcheur reprit : « Parce que si *tu cours les masques,* il va te falloir un cavalier. Tu auras du mal à sauter les barbelés toute seule, avec ton bazar. Il faudra le trousser jusqu'en haut. Et qu'on te le tienne. Ou qu'on te tienne les barbelés. »

Ah c'était la nuit, c'étaient mes rêves – je revivais la scène des carpes : à la fin de chaque phrase, j'entendais la carpe cuir s'affaler sur le comptoir ; seulement cette fois la carpe, indéfiniment remise dans la besace, sortie, montrée, étalée, affalée, c'était Yvonne. Jean avait le grand trident, il en usait. Hélène qui ne disait mot et la considérait avec une sorte d'amour, Hélène allait à pleins doigts la prendre, la dénuder et l'écailler sur l'évier. Elle lui chercherait les ouïes. Elle la couperait au vif. Elle ferait couler dessus de l'eau de Javel. Pour moi elle la jetterait à frire dans l'huile bouillante. Allons j'étais bien en rêve, le renard empaillé allait bondir, il allait mordre. Le Pêcheur inflexible poursuivit : « Toi, pour te démasquer, ça va être du boulot. C'est que tu as sorti toute la garde-robe. Tu as vidé la penderie. Par la Beune ! Il va falloir s'y mettre à trois. » Cette fois tous rirent, même Jeanjean – même moi. Je défaillais d'ivresse ; j'avais le ciel au ventre, il brûlait : cette volée de camouflets, ce sur quoi ils portaient sans ambages, la complaisance avec laquelle elle s'y prêtait, l'offrande totale sous le manteau, les mains derrière elle cadenassées à l'arête du flipper, toute sa mascarade enfin me disait qu'Yvonne au fond d'elle criait sans mesure, comme les reines serpentes surprises dans l'eau de leur baquet. Nos rires l'avaient tenaillée aux joues ; elle était très rouge, des larmes noyaient les yeux, les joues tremblaient, mais elle souriait : elle jouait de toutes les ficelles du glamour, et elle aurait joué de la sorte, je suppose, sous les grands chapeaux inclinés des passeurs, quand le fer cherche la gorge. Le fer, ce fut Jeanjean bien sûr qui le sortit ; et comme pour mettre un terme à l'humiliation d'Yvonne, magnanime donc, royal d'une autre façon que son compère, comme un sachem tranche après le laïus saugrenu du *medicine man,* comme mars cogne après février, Jeanjean reprit le discours où Jean l'avait fait dévier ; c'est-à-dire qu'il parla de Bernard et fit mine de prendre à la lettre l'inquiétude d'Yvonne. Il lui dit que, dût-elle arpenter toute la commune, il était bien improbable qu'elle le trouvât ce matin ou cet après-midi : les chemins des petits sont tortueux, sans raison, imprévisibles. Il dit encore que, quand lui-même était enfant et qu'il *courait les masques,* ils avaient l'habitude de se rassembler le soir, après leur périple, dans un endroit convenu, pour y compter et partager leur butin d'œufs et de sous blancs ; que c'était parfois à la carrière de tuf, sur la route de Saint-Amand ; d'autres fois au bord de la Beune, dans l'anse où on se baigne en été, ou enfin à la scierie de Meillat, où passe la Petite Beune ; mais que, la carrière étant à l'abandon et mangée par les ronces, l'anse de la Grande Beune submergée par les eaux hautes, le rendez-vous des enfants serait vraisemblablement aujourd'hui à la scierie, si l'usage n'était pas perdu. Ce serait à la scierie, vers cinq heures : « Si j'étais *vous* (il lui disait vous), je serais là-bas à l'heure que je vous dis. Exactement où et quand je vous dis. » Il articula et détacha ostensiblement les syllabes de l'adverbe. Il avait haussé le ton. Comme celle d'Yvonne sa voix était fausse, différait le vrai et jouissait de son artifice jusqu'à l'ivresse – mais lui, c'était l'artifice souriant de celui qui tient le grand trident et sait qu'il le tient.

Yvonne plia. Comme incrédule, elle répéta très haut : « À la scierie ? Vers cinq heures ? » Puis aussitôt, comme si toute la cambrure depuis les talons hauts portait à la bouche ce défi, ce déni : « Non. Non, sûrement je n'y serai pas. » Jeanjean déjà s'était détourné et considérait son calva.

Elle regarda Jean. Elle regarda Jeanjean. Elle balaya tout cela.

Elle me regarda.

Elle me regardait.

Elle ne regarda plus que moi.

Sans trembler, souriant, je dis très clairement, pas impérieux mais presque : « Si j'étais vous j'irais là-bas. Bien sûr que vous y serez, à la scierie. Vous pouvez y avoir des surprises. » Ma parole n'eut pas l'air de la surprendre, elle. « Monsieur Pierre, me permettez-vous de… Oui, monsieur Pierre. Je verrai. Je… j'y serai. » Elle lâcha le flipper, elle tourna les talons et vivement amena dans le brouillard ses façons de glamour, ses aplombs de grue, son fourreau de nuit sous quoi régnait, absconse, absolue, la fente considérable.

5

Je restai à ruminer dans la salle sang-de-bœuf. Je n'étais pas à la hauteur de ce que je venais de dire – de la proposition que je venais de faire.

Bientôt ne restèrent dans la grande salle que les deux chauffeurs taciturnes, Hélène et moi : le brouillard avait repris les autres, les vieux célibataires et les seconds couteaux. Les routiers étaient sortis une fois de plus pour observer dix mètres de monde ; ils avaient levé la tête, la longue visière avait interrogé les points cardinaux ; ils dirent qu'il n'était pas question de reprendre déjà la route ; puis ils s'absorbèrent dans l'infime ruisseau qui leur servait de vie intérieure – et peut-être pas si infime que ça, puisqu'eux aussi venaient de voir Yvonne exhibée, eux aussi avaient reçu en partage au berceau le don universel des imaginations lubriques. Ils avaient échangé la veille quelques mots où passaient des parkings nocturnes, des bouches peintes, des filles enfilées. Ils demandèrent un jeu de cartes.

On entendit un branle-bas dans l'escalier.

Mado redescendue avec son grand cabas embrassa catastrophiquement Hélène et traversa la salle en flèche sans regarder personne. Elle partait, elle était à la porte. Puis, comme se ravisant, obéissant au vieux programme de guérilla, de harcèlement, de fausses sorties, qui depuis les origines fait absurdement danser et s'affronter les deux sexes, elle vint vers moi et s'arrêta, me considérant avec dignité et mépris. Elle avait lâché à ses pieds le grand cabas dans quoi pêle-mêle étaient fourrés sans doute les jeans, les guides de la Préhistoire, les recettes de confitures d'Hélène, et *Les Fleurs du Mal*. Je regardais ce cabas plutôt qu'elle. Elle me traita d'imbécile et, ce qui va toujours avec, de salaud ; elle me dit qu'elle s'était depuis longtemps doutée de *quelque chose comme ça*, d'une duplicité sans fond, d'une difformité de mon cœur ; qu'elle ne s'étonnait pas du tout à la réflexion que je me fusse toqué de cette *vieille*. Bien sûr le simple geste qu'elle avait vu sur la place ne lui laissait aucun doute sur mon amour pour Yvonne, et elle ne doutait pas non plus qu'il fût comblé, tant nous sommes disposés à lire dans le moindre signe des preuves qui nous accablent : elle cédait donc hautement la place à une rivale. Elle se demandait tout de même ce que je trouvais à cette *grande dinde* – et certes, je ne pouvais pas lui dire que cette grande dinde me tirait le ventre comme à deux mains. Je ne pouvais pas lui dire non plus qu'Yvonne était vieille sans doute, mais comme l'est Junon au regard d'une petite nymphe des bois à cuisses de garçon – Mado était très fière d'avoir des fesses de garçon et s'en vantait : comment lui dire, là, que c'était justement cette sotte fierté qui la perdait ? De même elle croyait et répétait sans rire que les femmes des cavernes aux cuisses épaisses, à la fente longue, aux seins lourds, ces vieilles amies des vieux célibataires, évoquaient *de façon frappante,* comme disaient les guide-ânes, l'idée de fécondité : ce n'était pas non plus le moment de l'en dissuader. Je ne dis rien donc. Je regardais le cabas. Les routiers suivaient ça de loin, sans commentaires, à peine distraits de leurs cartes : eux aussi, dans leur foyer du bout du monde, ils connaissaient l'algarade, la vieille joute, l'impayable sérieux exaspéré plus vieux que Lascaux qui fait danser à mort les deux sexes – la danse d'ours qu'il leur fallait danser encore trois jours par semaine entre le trente-huit tonnes du vendredi et celui du lundi. Je ne disais rien mais je souffrais : car – ces lignes, je le crains, ne le font pas assez percevoir –, car j'aimais beaucoup Mado, quoiqu'elle m'exaspérât ; elle était ma camarade, ma bonne camarade, ma petite copine comme on dit, c'est-à-dire mon garde-fou face aux imaginations lubriques, ou la petite monnaie qui nous permet de négocier avec la formidable banque des imaginations lubriques, mon passeport pour l'honnête clarté de ce monde ; je l'aimais, mais ce matin de Mardi gras, où ma difformité débordait avec celle de ce monde, je ne pouvais le lui dire : je souffrais donc de cette rupture, mais j'en étais aussi, follement, extraordinairement, heureux.

Je ne plaidais pas ma cause – elle n'était pas plaidable. Seulement, l'ayant suivie jusqu'à la Dauphine, je lui dis que c'était une folie de prendre la route par ce temps ; elle répondit qu'elle la connaissait par cœur, qu'elle l'avait assez faite *pour moi ;* le moteur ronfla et tout de suite la petite voiture bondit dans l'au-delà. Les feux arrière furent visibles dix mètres encore. Je restais là debout. J'avais la gorge nouée : j'étais libre, comme l'ivrogne qui vient de tuer sa femme dans Baudelaire.

Il n'était pas loin de midi. L'ourlet dans mon esprit battait librement. Je rentrai, j'allai droit à Hélène. Je la trouvai dans la cuisine, elle préparait le déjeuner des deux bougres. « Qu'est-ce que c'est que *cette histoire de scierie ?* » demandai-je, comme on exige. Elle me regarda avec des yeux ronds, je ne devais pas avoir l'air dans mon assiette. « Où est la scierie de Meillat ? » repris-je avec violence, et si j'avais eu un fer, je le lui aurais mis sur la gorge. Mon ivresse il est vrai, ma perte, ma joie, ma coulpe, mon désir, ma liberté soudain monstrueuse, me faisaient bien une espèce de fer. Hélène n'avait plus ses yeux ronds : elle me considérait avec son clair visage qui allait se rassérénant, comme elle faisait avec Jean le Pêcheur quand il venait la taper du billet de mille, avec tendresse et pardon, quelque chose comme la pantomime du vieux pape increvable sur son balcon éternel. Elle me considérait un peu comme Jean le Pêcheur : c'est que j'étais là depuis six mois comme un fils, j'étais jeune et aimable, je portais les deux chapeaux inoffensifs de l'instituteur et du rigolo, du lettré et de l'original, et elle voyait bien depuis le temps que moi aussi à ma façon je courais les Beune la nuit, quoique chaque nuit je dormisse là, sous son toit, sous la loi de son couvre-feu, avec ou sans Mado. Qu'elle me regardât ainsi porta au rouge mon fer. Cette grosse bonne femme que j'avais interrompue dans son éminçage d'oignons m'apparut vulgaire, triviale, d'une prétention sans frein ni fondement, devineresse certes sans doute, mais comme l'est une vieille soûlarde qui fait les lignes de la main pour acheter son litre. Je dis que j'en avais assez de ses cachotteries, de ses sous-entendus, de ses charades de Polichinelle ; qu'à la fin je la ferais parler. Je fus grossier, je crois que je criai. Elle ne se démonta pas le moins du monde ; elle me pria de m'asseoir – je n'obéis pas. Elle me dit que je faisais l'enfant ; que Mado, qui était une adorable fille, allait se tuer par ma faute ; que pour le reste, pour *la... enfin l'Autre,* je croyais courir après la lune, que c'était bien plus simple que je le pensais – mais qu'elle me comprenait tout à fait.

Quant à la scierie de Meillat, elle s'étonnait que je ne l'eusse pas découverte dans mes errances – « vous qui aimez tant vous promener », dit-elle, impassible, sereine, débordante de cet humour sans fond qui n'est pas de l'humour. Elle voulait bien me mettre sur la voie, mais elle louvoya : Meillat, le charpentier de Castelnau, avait en plein bois un atelier secondaire qui lui servait pour débiter le gros et avoir les coudées franches, car son atelier au bourg était exigu et d'accès difficile. Elle ne savait pas où exactement, sauf que c'était au diable Vauvert ; elle n'y avait jamais mis les pieds, mais elle pouvait dire à peu près : vers Arsouze, enfin dans cette direction, mais plus près d'Arsouze que de Castelnau ; et pas loin de la route nécessairement, ou d'un chemin carrossable, car il fallait bien qu'on livre le bois à Meillat et qu'il en ramène ses planches, dans sa camionnette à ridelles. De l'autre côté du pont, ajouta-t-elle. Voilà, je savais tout. Elle ajouta avec ironie que je devrais demander à Jeanjean, qu'il savait très bien, lui, où c'était ; mais que, comme il revenait d'enterrer son père, on ferait mieux de le laisser tranquille. « Ah, Jeanjean aussi avait donc un père », dis-je machinalement ; et, aussitôt : « alors, vous dites qu'on prend par le pont… » Je n'en revenais pas : non, je n'avais jamais vu cet endroit, quoique j'eusse entendu parfois dans des lointains, comme ailleurs le fer jubilant des cognées, la longue plainte exaspérée, opiniâtre, des scies circulaires. C'étaient des bruits du bois, ça allait avec la forêt comme sa mort va avec l'homme. J'étais déjà debout. J'étais déjà dans la grande salle quand j'entendis Hélène élever la voix pour demander si je partagerais le rata des routiers ; je ne répondis pas, je vis du coin de l'œil mes deux lansquenets à leurs cartes, la longue visière héraldique penchée sur les petits carrés aux infinies combinaisons où il y a des dames et des rois, des valets. Je ne serais plus le valet. Je claquai la porte sur ce trafic.

J'allai à ma chambre, j'ouvris sèchement la porte de l'armoire. Elle se déguisait en femme ? Eh bien, moi aussi j'allais me déguiser en homme.

Pas en endeuillé, quoiqu'il soit si facile de confondre.

Je le fis. Pas de labret sous la main, ni peintures de guerre, épilation des tempes, bâton de chefferie : mon complet suffirait. Ma cravate. La tricolore, comme le maire des Eyzies. La chemise blanche. Pour la scarification au fer rouge je l'avais un peu plus bas, invisible.

Ce que je coiffai, c'était le bon vieux chapeau à andouillers. Mais pas celui des vieux célibataires qui peignent le dimanche. Celui qui est invisible et vous rend plus visible. Celui du mâle à femelles, du brame, de la saillie.

Un concert de coqs chanta dans mon esprit.

Le mannequin dans le miroir me fit un rictus, appétit certitude ou terreur, je ne sais. Je serais à la hauteur. Je n'étais pas un chien, j'étais un homme, *homo* et *vir*.

Je traversai la place dans l'autre sens, en tournant le dos au tabac. J'approchai le grand coup de sabre valaque qui avait fendu la terre et dans la plaie faisait couler la Beune.

Qui donne leur nom aux fleuves ? Ta fente, c'est son nom.

J'enfilai le pont.

J'étais sur l'autre lèvre.

Le monde avait un peu grandi ; il faisait bien vingt mètres. Je fus vite au-delà des champs. À peine sorti de Castelnau, sous les arbres noirs candis de givre, j'avais croisé une poignée de petits enfants pauvrement déguisés ; toutes ces têtes postiches s'étaient tournées vers moi en même temps au passage, posant une question muette en forme d'enfants à visage de vieux ; ils devaient s'étonner de mon costard, que je sois déguisé moi aussi ; ils ne m'avaient pas salué pour ne pas se trahir, mais je les reconnus bien pourtant, avec une sorte de colère. C'étaient eux encore une fois, mes petits élèves, mes sempiternels nabots, cette humanité bruegélienne, vieillotte, affairée, naine, affublée de caftans et de touloupes ; c'étaient Annie, Madeleine, Micheline, Jeannine ; Jeannot, Pierrot, Jean-Pierre. Et Bernard, avec sa natte du Mékong. Ils apprenaient en versant des larmes les accords verbaux ; ils m'apportaient des bifaces à quoi je donnais des noms ronflants qu'ils écoutaient en penchant un peu la tête sur le côté, Saint-Acheul, Le Moustier, La Madeleine ; limande, coup-de-poing, feuille de saule. Les noms que j'avais dans la tête aujourd'hui, l'ourlet, la fente, les fesses, je ne pouvais les leur dire. Ils passaient. Ils avaient l'air de flotter. Ils eurent tôt fait de disparaître, ils couraient dare-dare rejoindre les ancêtres avec leurs paniers d'œufs pour le voyage. Ce sont peut-être des petits enfants que les pères flèchent dans l'au-delà. Bon voyage, leur criai-je au fond de moi, bon débarras. Que les pères vous flèchent. Qu'ils flèchent aussi la grosse poule grammaire et les petits accords verbaux du participe, qui piaillent. À vous, mouflets, la purée de pois universelle, à moi l'aire magique du monde intelligible : dans ces vingt mètres de monde il n'y avait pas place pour eux, j'y voulais être seul sous les jupes de la géante. Et pour l'instant j'y étais seul, Dieu merci. Presque contre la géante.

J'étais perdu comme un ogre déguisé en Petit Poucet. Je n'avais pas demandé aux enfants où était cette foutue scierie. Je voulais la trouver tout seul.

Les heures passèrent. Je courais, je m'arrêtais, je cherchais. J'avais pour ainsi dire un groin à ras du sol. Mon complet était maculé jusqu'aux cuisses. Ce n'était pas mon habituelle *Via Yvonnae :* ce n'étaient pas les chemins que je connaissais par cœur, dont ma jouissance de tout un hiver connaissait chaque bouleau, chaque flaque, où j'aurais pu depuis le temps nommer chaque corbeau, où chaque corbeau était un cri d'Yvonne renversée ; c'en étaient d'autres que jamais je n'avais pris. J'allai à Arsouze où la Beune dans son goulet s'étrangle : pas de scierie ; j'allai au lieu-dit Cluptat, à La Forge-du-Bois, à La Chapelle-de-l'Hom : pas de scierie non plus ; et pas davantage sous les hêtraies, sous les sapinières qui sont si douces et noires, comme une chambre nuptiale ou un tombeau. Mon pas dérangea un cheval de steppe, qui galopa un instant dans un pré et disparut aussitôt dans la purée blanche. À La Forge-du-Bois, un troupeau de dindons valaques traversa la voie : leurs gloussements, leur nu écarlate, leurs grappes, leur remuement grotesque, leur honteuse parade, tout était vulve prise et membre levé. Une fois, c'était tout près de Sarrazine, c'était vers deux heures, le brouillard s'élevait un peu, je crus avoir atteint mon but : un pan de maçonnerie moussue, bossue, basse, carrée, sortit des brumes dans un pré au bout d'un sentier, obtuse et massive comme un équarrissoir ou un autel, un dolmen de béton ; mon cœur tout entier battit dans ma bouche : c'est là, me dis-je, ce sera quelque réservoir à fuel, quelque soute, la scierie est derrière avec ses lames, son coupe-coupe rond comme la lune, et c'est sur ce carré de béton paléolithique qu'Yvonne est jetée, qu'on lui met les jupes à la nuque, c'est ce dur tétrapode qu'elle chevauche à cru, elle aime encore mieux qu'un flipper, ça l'écorche ; c'est là qu'on la voit et prend. En vain fis-je le tour du pré, rien d'autre n'était bâti de main d'homme, nulle scierie. Je revins au carré morose ; sa table m'arrivait à la taille ; je me laissai tomber dessus et l'étreignis ; j'avais au ventre un membre de chien – encore qu'il faille au chien une chienne, quand moi, n'importe quoi m'était femelle, du béton, du brouillard ; mais cette fois avant ce soir je couvrirais ma chienne, dussé-je en périr, *je le voulais*. Et je couvrais d'ailleurs ce béton sans hystérie ni désespoir, comme méthodiquement : je n'étais plus l'effaré de novembre, j'étais à l'entraînement, froid et déterminé, en quelque sorte ; je voyais sous mon poids s'extravaser lourdement la nudité d'Yvonne, plus malmenée par le béton que par le flipper. J'y faisais jaillir et y pressais la chair des cuisses, quand déjà elles rebondissent en s'évasant des bas. Je troussais sa robe, je saisissais ses fesses, à plein béton. C'est comme ça que je vais *te faire*, lui disais-je. Il y avait sur la maçonnerie une lourde trappe de fonte, que je soulevais ; c'était massivement plein et évidé comme une femme : ça s'enfonçait tout droit et on n'en voyait pas le fond ; c'était une prise d'eau, qui sans doute alimentait Arsouze et ses entours ; des échelons de fer couraient sur un côté ; j'entendis les doux chuintements de l'eau qui va, se retient, accepte sa pente, dévale en triomphe, et invisible tout en bas j'imaginai le règne douloureux des salamandres, des tritons à crête rouge, sidérés, superbes, répugnants. Longtemps je me penchai là-dessus : lirais-je jamais le texte du monde ? Face au trou je pensais absurdement à Hélène de Troie dont il est dit que *nul repli n'est plus profond que le sien.* C'est là qu'il gît, le secret du monde. Tout est obscur et compliqué, le visible et l'invisible s'enchevêtrent, l'un l'autre se relancent et mutuellement se cadenassent, se font de l'ombre, et il semble bien se passer quelque chose pourtant, comme dans les grands dessins des cavernes. Mais quoi ? Le sens est une salamandre au fond d'un puits. Je ne pensais pas au sens, je pensais aux fesses, je pensais aux actes. Je disais : ton ourlet, ta fente, votre chatte. Je me disais : quand elle refermera sur toi ses cuisses. Je lâchai le grand carré de fonte qui fit en retombant un bruit de tonnerre, et quand je relevai la tête je n'en crus pas mes yeux : il n'y avait plus de brouillard.

Déjà de nouveau je courais.

Comme un chien ? Je n'étais pas un chien mais un homme, *vir* et *homo.* Mon complet qui en faisait foi était entièrement salopé ; la cravate frottée de mousse était un torchon. Les brindilles arrachées aux basses branches me faisaient de petits andouillers çà et là dans les cheveux. Parfait.

6

Le sens n'est pas une salamandre au fond d'un puits. Le sens est un biface. Il était dans ma main.

Tu es Jeanjean, me dis-je. Tu l'as tué et tu vas revêtir sa peau.

Je chantonnais entre mes dents, comme celui qui sait que l'affaire est dans le sac, qu'il n'a plus qu'à passer à l'acte – je ne doutais de rien, absolument :

Viens-t'en dans les bois ma mignonnette

Viens-t'en dans les bois ! – du ! – roi !

Un peu au-delà d'un patelin inconnu dont le clocher d'ardoises s'élevait au-dessus des pins, je tombai sur la Petite Beune. Elle n'était pas mythologique, les dieux valaques n'y avaient pas touché : c'était une simple rivière à truites, assez rapide, qui confluait je ne sais où en amont de Castelnau.

Je la suivis. À moins de cent mètres elle s'élargit, très peu profonde et ruisselant sur les cailloux. Une ancienne frayère à saumons, sans doute, dont venaient faire grand massacre les êtres à peau de bête, dans leur temps, et faire couler rouge la rivière.

À cette hauteur, je débouchai sur un large chemin carrossable, entretenu, gravillonné sur des dalles sèches ; on y voyait des traces de pneus ; il suivait le cours de la Petite Beune. Je le suivis à son tour. Je me disais : Rivières qui avez des noms, chemins qui n'en avez pas. Femmes, qui coulez, marchez, venez. Femme à qui je donne son nom, son poids, son sens, sa phrase.

Et tout à coup m'apparurent les hauts toits de tôle de la scierie, à cent mètres de ce tournant du chemin ; j'y vis de loin les grands coupe-coupe d'acier ; elle était déserte ; tout près de moi, à ma droite, une petite clairière s'ouvrait ; sur un côté de celle-ci, la silhouette drastique d'un hangar ; face au hangar trois lourdes billes couchées, et deux plus petites, du hêtre apparemment. Je l'attendrais là : sans doute elle viendrait en voiture, mais je la verrais passer et elle s'arrêterait. Je m'assis sur la grosse bille du milieu.

Cette bille en appela une autre à mon esprit, celle dont les enfants jouent. Je me souvins d'un autre temps, quand moi-même à tâtons m'appliquais à cliquer les pinces des subordonnées sur la chair de la phrase, à enfiler les désinences sur l'hameçon du verbe ; à tailler les silex du sens. On jouait sous le préau de la cour d'école, sous un ciel gris ; on poussait des billes vers un trou, comme ils le faisaient sûrement déjà à Cro-Magnon, comme dans toute vie. Il y avait parmi les grandes, dans la classe du certificat d'études bien au-dessus de moi, une jeune fille ardente et fière, studieuse, un peu délurée, que nous aimions tous ; elle avait accepté de jouer aux billes avec ceux du cours moyen. Un petit chipoteur lui chercha querelle, sur un point du jeu ; le ton monta, elle s'emporta et le gifla ; le maître, qui n'était pas loin, lui ordonna d'aller au piquet dans un coin du préau. Elle n'en revenait pas – le maître non plus sans doute – mais elle obéit avec au visage un masque de plaisir honteux. Elle s'y tint. Ainsi à l'école jouent, s'entre-heurtent et se caressent les billes du pouvoir et du désir. L'euphorie du petit gueux était indécente, autant que la dentelle du jupon dépassant un peu sous la robe de la belle qui nous offrait son dos, sur le jarret pâle.

Tes jarrets, Yvonne. Mais bien davantage.

Assis sur la bille de hêtre, je remuais mille autres pensées autour de son corps. Je pensais à cette part du monde que nous ne voyons pas, mais dont nous savons qu'elle existe, comme existe le sexe de la femme. Au paradoxe de la disponibilité des cuisses interdites. Aux dieux. À la robe fourreau qu'elle porterait encore tout à l'heure, j'en étais sûr. Un fourreau est un rêve, et c'est bien réel. La chair sacrée des cuisses y est contrainte, elle en jaillit frémissante comme d'un tube pressé jaillit de la crème.

Je sortais à peine de l'âge où le mot cuisse à lui tout seul vous plonge dans une frénésie obscure. D'ailleurs n'avais-je pas eu cet âge jusqu'à aujourd'hui ? J'avais été longtemps le petit garçon à qui la femme était interdite (je n'avais connu que des jeunes filles) et cet interdit j'allais m'en emparer, avec le consentement éperdu de celle qui l'énonce.

À un moment, j'allai jusqu'au hangar grand ouvert face à moi : un vaste espace de sol en terre battue où une main de femme aurait pu graffiter, comme à Pompéi : *Hic fututa sum,* Ici je suis baisée. Ici vous le serez, Madame. Un établi, une scie circulaire bâchée, un outillage divers, des mortaiseuses à bedaine ; et, dressées contre le mur, de ces tronçonneuses d'alors qui pesaient des tonnes, gros moteur et garde-scie épais, lourdement phalliques, Tromeca, Leroy-Somer.

Ce ne serait pas sous les coupe-coupe de la scierie. Ce ne serait pas dans l'odeur claire du bois fraîchement débité ; ce ne serait pas non plus le sous-bois, l'humus à champignons, à fougères, à scolopendres. C'était là, sous les machines obscènes : elle embrasserait la terre battue, elle y jetterait ses genoux et ses cheveux.

Une poussée de joie aveugle me fit claquer comme un drapeau : les talons remuaient les cailloux du chemin ; elle venait.

Elle était très en avance. Elle avait dû laisser la voiture à deux pas.

Elle me vit sur mes billes en retrait. Elle fit celle qui hésite, sembla balancer. Elle reprit sa marche vers la scierie. Je savais que c'était le dernier défi : au troisième pas elle fit demi-tour, elle vint. Les talons vinrent. Elle regardait le sol.

Elle ne dit pas un mot.

Elle ne s'assit pas. Elle restait debout devant moi, vassale.

Je la laissai demeurer ainsi les yeux baissés à portée de ma main.

Tu vas (me disais-je) te repaître d'elle. Elle refermera sur tes reins ses cuisses. Je caressais l'écorce lisse du hêtre sous moi. Tout mon être était sous la robe.

Enfin elle me regarda avec violence.

Nous nous dévisagions comme on déshabille. Nos regards étaient du nylon tendu. Dans le mien le fer du désir sans masque. Le sien était fait de passion, de défi – et aucune surprise pour ma tenue, les peintures de guerre, le complet, tout cela allait de soi.

C'était la première fois que je la regardais moi-même sans vergogne, avec un glacier au centre de mon feu. La géante était grande, certes, mais à peine plus que moi. Elle était plutôt mince, un peu plus vieille peut-être que je n'avais pensé.

Elle avait toujours le corps immense que le désir donne à son objet. Tout m'était immense : ses traits énergiques, que démentait l'exquise lascivité du léger double menton ; le rouge catin de ses lèvres, le bleu catin de ses yeux ; sa peau de crème fouettée. Sous la robe, l'orgeat.

Elle était terrifiée et exultait : elle était la bête au gîte qui sent le furet, mais elle était aussi le furet. Privilège inouï de la femme ! elle a les deux rôles, quand l'homme n'est que furet.

Et peut-être avait-elle aussi à ce moment le troisième rôle, le virginal, l'indéflorable, et elle se chantait la chanson de la belle fille enlevée au jardin de son père, sous le lilas blanc.

Ses yeux mouillaient.

J'entendis une truite sauter dans la rivière.

Elle refit pour moi seul la parade publique de l'auberge : elle ouvrit le manteau et en garda les pans écartés à deux mains.

Sa jambe fléchit un peu ; ses hanches jouèrent. De sa voix si savante à bien dire, à infléchir où il fallait, avec le glissement exquis du zézaiement et son désir qui y tremblait, elle dit : « C'est comme le renard de novembre » ; au mot *renard* j'aurais bandé davantage si c'eût été possible.

« Ah ce jour-là si vous aviez fait le geste, si vous aviez voulu, si vous aviez eu le geste. »

Je sus qu'alors (mais ne l'avais-je pas toujours su ?), au coin du bois, elle n'avait détourné la tête et exhibé son cou que pour me montrer son corps écrit, et m'inviter à le marquer à mon tour au miel noir.

Bien sûr qu'elle m'avait voulu dès le premier jour ! quand mes yeux avaient percé son bras nu d'autant de flèches que l'était le martyr de carte postale, ses yeux baissés alors, ce n'était ni gêne ni indifférence, c'était de l'émoi. Notre désir était mutuel, notre forfait, notre passion immédiate. Je lui étais apparu, comme elle m'apparaissait. Et chaque fois que je venais acheter mon paquet écarlate, c'était la bouche écarlate de la demande sacrilège qui me souriait.

Elle s'exhibait toujours à deux mains, le pubis tendu.

Comme elle me voulait !

Les mains de vingt ans sont tremblantes, furieuses, terribles : elle voulait mes mains certes. Mais je me dis que ce qu'elle avait désiré en moi, c'était l'infinité de mon désir toujours reporté, qui ressemblait à sa jouissance infinie : nous jouissions sans cesse de cette attente, l'un et l'autre. Une imminence éternelle. Nous avions longtemps attendu ; maintenant nous différions. Fallait-il même conclure ? Mon désir interminable était l'égal exact de sa jouissance interminable ; toujours assouvie, inassouvie toujours, explicite et nécessaire comme le bond d'une vache paléolithique.

Nous avions différé avec passion.

Elle voulait parler encore, montrer ses paroles toutes nues pour que la brûlât davantage l'imminence de sa mise à nu. Elle voulait poursuivre ; elle tenait toujours le manteau ouvert à deux mains ; elle poursuivit :

« Et le jour surtout où… les vignettes. Le jour où monsieur Jeanjean m'a faite… m'a fait rougir. » Je sentis que ces mots dans sa bouche lui plantaient deux éperons dans les flancs – les mêmes éperons que dans les miens. L'hésitation feinte sur le participe passé décuplait sa féminité et mon désir. « J'ai cru que j'allais me donner là, par terre, devant tous. »

Sa voix se brisait. Elle baissa la tête. Elle était au bord de jouir.

C'est par la langue qu'on prend les poissons et les hommes.

Elle fut interrompue par un bruit de moteur. La Peugeot de Jeanjean. C'est bien, me dis-je.

Le temps avait passé, dans notre dialogue de statues, il était près de cinq heures. Et il était en retard, selon le rite tacite, sans doute, pour qu'elle languît bien et désirât davantage.

La 203 passa dans les vingt mètres d'ouverture sur la piste forestière. Yvonne ne se retourna pas ; elle fit comme si elle ne l'entendait pas ; elle me regardait. Je regardais la voiture. Jeanjean tourna la tête vers nous ; je suis sûr qu'il nous vit ; il freina à peine et poursuivit sa route à la même vitesse. Il se dit sans doute qu'*elle* allait accourir à lui dare-dare, se tordant les chevilles, ahanante, implorer pardon de son retard, mendier le joug et la prise, et se livrer sans condition, coupable, disponible, avide. Ou alors… ou alors il sut qu'avec Yvonne c'était plié, c'était cuit, qu'elle voulait ce jeunot et l'aurait, qu'elle n'était plus pour lui, et cela lui semblait bien naturel, étant donné qu'en ce monde *il n'y a absolument rien.* Et quand il y a quelque chose, on s'en débarrasse à l'Ajax, au Kärcher, à la soude, ou à l'indifférence. Dans la Peugeot qui s'éloignait, les pères s'appuyaient à la vitre, vagues, colossaux, hagards, ils l'appelaient tour à tour oncle et neveu, premier aïeul ; et Jeanjean se demandait de quelles bêtes blanches son père avait commencé la chasse dans l'au-delà.

« Et celui-ci ? » demandai-je, montrant le chemin.

« Un amant me suffit. J'en ai eu longtemps deux : vous voir dans les bois avant d'aller à l'autre me rendait folle. C'est vous qui me teniez… Vous saurez vous servir de moi comme j'aime qu'on le fasse. Comme il le faisait. Bien. Vous y croyez. »

J'y croyais, oui. L'accouplement est un cérémonial – s'il ne l'est pas c'est un travail de chien. La jouissance est une phrase. Longue, contournée, obéissant à des rites, des formes. Yvonne ne disait pas autre chose. Elle ne voulait pas autre chose. Je le savais bien, à ses apprêts, à son goût exagéré des bijoux et des poses, à son art de se faire un autre corps avant l'amour. À la marque de novembre. Elle ne souhaitait pas faire l'amour, elle voulait le commettre. Elle aimait ce comble de la civilisation.

Des pépiements d'enfants s'élevèrent, dans la direction de la scierie ; les petits masques revenaient du diable Vauvert. Yvonne sans un mot se dirigea vers le hangar, invisible de l'extérieur, sauf du côté du mur ouvert sur les billes ; de l'intérieur, des jours dans la cloison permettaient de voir le chemin. Elle y entra : je la suivis.

Les enfants déguisés passèrent ; je vis bien le Chinois à natte ; il ne regardait pas de notre côté, il parlait avec animation à la petite Micheline ; ils hésitèrent à entrer dans la clairière ; on les vit piétiner un peu, argumenter pour et contre, y faire trois petits pas, et puis non, ils passèrent outre.

On était dans la hutte. Dans la caverne où deux êtres de sexe opposé se retrouvent toujours en fin de compte, et mettent crûment en acte les tueries de leur propre petite caverne intérieure. Nous nous regardions toujours.

Nous différions encore. Nous faisions durer. Nous vautrant dans l'imminence, l'aiguisant comme un couteau de passeur, la chauffant comme un Kärcher.

Je dis : « Vous savez que c'est maintenant. »

Le Présent se rencontrait enfin.

Elle regardait le sol. *Hic fututa sum.*

Dans la rivière une autre truite sauta. Brièvement je portai la main à la robe, à peine, j'effleurai le long des cuisses le renflement des pinces nickelées. Je songeai aux *bras blancs* de la poésie ancienne, dont le sens vrai est : cuisses blanches.

Elle me saisit au plus vif.

Ses ongles de sang frais jouèrent.

Elle me dégaina scandaleusement.

Mon silex, mon sens.

Elle murmura, mais c'était un cri : *Sainte Vierge.*

Oui prends. Montre que tu prends. Dis que tu prends. Tu me pousseras mieux tes cris de fée.

Je fus contre elle. Je ne pris pas sa bouche. Pas encore. *Ah nos langues.* Je courbais un peu les épaules, les bras tendus. Mon visage plongea dans la crinière bleue.

De part et d'autre d'elle je pris à deux mains l'ourlet bleu nuit. Je troussai haut. Quand elle eut ses jupes levées à la taille et qu'alors elle gémit, je revis en un éclair la grotte toute blanche. C'était du lait.

DU MÊME AUTEUR

Aux Éditions Gallimard

VIES MINUSCULES, 1984 (Folio n° 2895 repris en partie dans VIE DU PÈRE FOUCAULT *suivi de* VIE DE GEORGES BANDY, Folio 2 € / 3 € n° 4279). Prix France Culture 1984, prix international Nonino 2017, prix Tomasi di Lampedusa 2024

RIMBAUD LE FILS, 1991 (Folio n° 2522)

J'ÉCRIS L'ILIADE, 2025

Dans la collection de livres audio « Écoutez Lire »

VIES MINUSCULES (2 CD)

Aux Éditions Verdier

VIE DE JOSEPH ROULIN, 1988

MAÎTRES ET SERVITEURS, 1990

LA GRANDE BEUNE, 1996 (repris dans le titre LES DEUX BEUNE, 2023). Prix Louis Guilloux

LE ROI DU BOIS, 1996

MYTHOLOGIES D'HIVER, 1997

TROIS AUTEURS, 1997

ABBÉS, 2002. Prix Décembre

CORPS DU ROI, 2002. Prix Décembre

L'EMPEREUR D'OCCIDENT, 2007

LES ONZE, 2008 (Folio n° 5193). Grand Prix du roman de l'Académie française 2009

JE VEUX ME DIVERTIR, 2013

DIEU NE FINIT PAS, 2013

FIE-TOI À CE SIGNE, 2014

LES DEUX BEUNE, 2023 (Folio n° 7480)

Chez d'autres éditeurs

L'EMPEREUR D'OCCIDENT, illustrations de Pierre Alechinsky, *Éditions Fata Morgana*, 1989

LE ROI VIENT QUAND IL VEUT. PROPOS SUR LA LITTÉRATURE, *Albin Michel*, 2007

TROIS CAILLOUX POUR WALTER BENJAMIN, avec Guy Petitdemange et Bruno Tackels, *L'Arachnoïde*, 2010

VERMILLON OU LE CHANT DU COUCOU EST LE CRI DE LA MÈRE MORTE, photographies d'Anne-Lise Broyer, *Verdier / Nonpareilles*, 2012

TABLÉE, *L'Herne*, 2017

COULEUR PUNIQUE. SUR DES ŒUVRES DE SADIKA KESKES, *Tarabuste*, 2024

Tous les papiers utilisés pour les ouvrages des collections Folio sont certifiés et proviennent de forêts gérées durablement.

Composition Nord Compo
Impression Maury Imprimeur
45300 Manchecourt
le 3 février 2025
Dépôt légal : février 2025
Numéro d'imprimeur : 282580

ISBN 978-2-07-308160-5 / Imprimé en France

640079